宝《ほう》引《び》きさわぎ

鎌倉河岸捕物控〈二十の巻〉

佐伯泰英

時代小説文庫

角川春樹事務所

本書は時代小説文庫（ハルキ文庫）の書き下ろし作品です。

目次

鎌倉河岸周辺
鎌倉河岸
豊島屋
弁天湯
龍閑橋
青物市場
むじな長屋
彦四郎の長屋
館市右衛門屋敷
常盤橋
船宿綱定
金座
金座裏
樽屋藤左衛門屋敷
龍閑川
林道場
0
200m
西
南
北
東

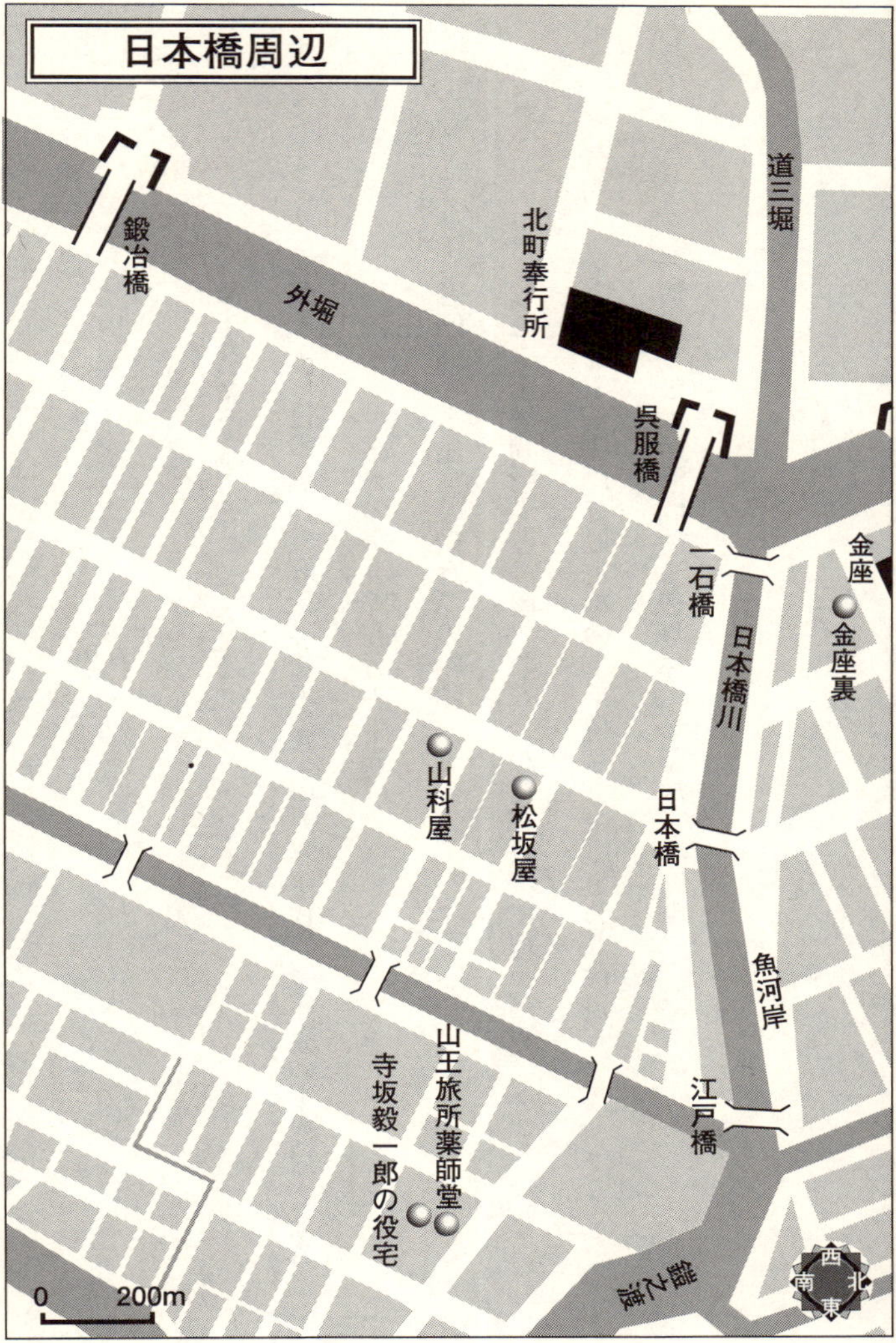
日本橋周辺
道三堀
北町奉行所
鍛冶橋
外堀
呉服橋
一石橋
金座
金座裏
日本橋川
山科屋
松坂屋
日本橋
魚河岸
山王旅所薬師堂
寺坂毅一郎の役宅
江戸橋
鎧之渡
西
南
北
東
0
200m

●主な登場人物

政次……日本橋の呉服屋『松坂屋』のもと手代。金座裏の十代目となる。
亮吉……金座裏の宗五郎親分の手先。
彦四郎……船宿『綱定』の船頭。
しほ……酒問屋『豊島屋』の奉公から、政次に嫁いだ娘。
宗五郎……江戸で最古参の十手持ち、金座裏の九代目。
清蔵……大手酒問屋『豊島屋』の隠居。

宝引きさわぎ

鎌倉河岸捕物控〈二十の巻〉

第一話　手先見習い

一

なんとも平穏な江戸の新春、正月十四日年越しの夕刻前のことだ。

江戸時代、七日を正月として六日年越し、あるいは十五日正月として十四日に年越しの祝いをする風習があった。また、小正月の十五日には、奉公人の楽しみの藪入《やぶい》りに入る習わしがあった。

金座裏《きんざうら》にのんびりとした時が流れていた。八百亀《やおかめ》以下手先《てさき》たちは町廻《まちまわ》りに出ており、若親分夫婦は他用で外出していた。

金座裏では居間に宗五郎《そうごろう》とおみつの夫婦が鎮座し、台所では夕餉《ゆうげ》の仕度が始まり、手先見習いの弥一《やいち》がたくさんの箱膳《はこぜん》をかたく絞った布巾《ふきん》できれいに拭《ふ》いていた。

そして、その傍らではなぜか町廻りから独り早めに戻った亮吉《りょうきち》が台所の板の間で古い捕り縄を集めて、なにごとか作業を始めていた。猫の菊小僧《きくこぞう》が亮吉のやることを横目で見ながら捕り縄の端っこを噛《か》んでいる。

金座裏では新年に捕り縄を新しいものに代え、神田明神《かんだみようじん》でお祓《はら》いをうけてこの年の平穏無事を祈るのが習わしだ。そこで毎年、数々の捕り物の現場で活躍し、悪人どもを縛ってきた古い捕り縄があとに残った。その縄を使って、亮吉がなにかを企《たくら》んでいた。

「亮吉兄さん、なにをやる気ですね」

と新入りの弥一が亮吉に興味津々に尋ねた。

「おあとの見ての楽しみだ。そろそろ八百亀の兄いらが戻ってくらあ。箱膳の仕度が終わったらよ、玄関番しながら待っていろ」

弥一が台所から追いやられようとした。

女衆が夕餉の仕度をしながら、ちらちらと亮吉と弥一の問答を聞いていたが二人の間に加わろうとはしなかった。女衆は亮吉をかまうと何倍にもなってあれこれと反撃されるのを面倒と思っていたからだ。

「弥一さん、少しは慣れた」

と台所を預かる女衆頭《がしら》のおたつが立ち去りかねて未《ま》だ板の間にいる弥一に声をかけた。

弥一は下っ引きの旦那《だんな》の源太《げんた》の小僧として旦那然とした親方に従い、背に荷を担いで、

「江州《ごう》伊吹山のふもと柏原本家亀屋佐京のもぐさ……」

と売り声を上げて、江戸の町を商いに回りながら、人込みや巷《ちまた》で聞き耳を立て、あれこれと訝《いぶか》しい噂《うわさ》を集めて、金座裏に報告するのが影仕事だった。

だが、親方の源太が腰を痛め、寄る年波に下っ引きを辞め、在所に引っ込むのを機会に弥一は金座裏の手先見習いになったのだ。

「うん、おりゃ、金座裏に引っ越してきて幸せだ。旦那の親方も悪い人じゃなかったがさ。でも、いつも男二人だとさ、なんとなく寂しくてよ、陰気臭いじゃないか。だいいちおれ、朝晩のおまんまの仕度しなくていいや、これだけでも極楽だよ」

「おや、弥一はそんなこともさせられていたのかえ」

と女衆の一人が訊《き》いた。

「ああ、そうだよ。親方とおれの二人だもの、おれが仕度するのが務めだろ。飯炊きだって、菜造りだってできるよ。もっとも面倒なときはいつも鍋でさ、具を注《つ》ぎ足し注ぎ足して、幾晩も奇妙な鍋が続いたけどさ」

「待った」

と亮吉が口を挟んだ。

「おめえにはおまんってお袋とよ、妹と弟と一緒に住んでいたろうが」

「ちぇっ、独楽鼠《こまねずみ》の兄さんは余所《よそ》のうちのことをよく覚えてやがるな」

「当たり前だ。御用聞きの手先は勘と物覚えがなんたって大切なんだよ」

「ならばその物覚えを変えてくんな。おっ母さんはよ、あの齢《とし》で男を作って妹と弟を連れて、おれの知らない間に長屋をおん出たんだよ。一年以上も前かねえ、そのときからおりゃ、親方の家に引き取られたんだよ」

「えっ、おっ、おっ魂消《たまげ》たな。おめえのおっ母を好きになる物好きがいたんだ。そんでおめえだけが捨てられたか」

「そう念を押さなくていいや、おれの面倒は親方が見てくれるとでも思ったんだろうよ。独楽鼠の兄い、文句あるか」

「弥一、おめえ、意外と苦労してんだな」

と亮吉がしみじみと言った。

「まあな」

と返答した弥一が話をもとに戻した。

「ここじゃ、女衆のお蔭で三度三度、温かい食べ物が載ったお膳が出てさ、おれ、いうことなしだ。それに大親分もおかみさんも政次若親分もしほさんも皆優しくしてくれてよ、おれ、藪入りが何度もいっしょに来たようでさ、朝起きると頰《ほお》をつねるのさ。これはほんとうのことで夢じゃありませんてね」

「弥一の話を聞いたかえ、わたしゃ、涙がこぼれるよ。そんな事情がうちに来た背後に隠されていたなんて、私は知らなかったよ。亮吉、おまえなんぞは最初から当たり前のような顔をして、おまんまをただむさぼり食っていたね。野良猫だって仁義を心得ているよ」

　おみつが奥から姿を見せて亮吉に言った。

「おかみさん、弥一だって最初のうちだけさ。いずれ本性が知れるよ。そんときにおかみさんの言葉が聞きたいもんだね」

　と亮吉がうそぶき、解《ほど》いた縄を一つに束ねて数え、

「よしと。これで人数分あるな」

　と呟《つぶや》いた。

「ねえ、亮吉さん、なにをする気なんだよ」

　弥一が、おみつが姿を見せたのをこれ幸いと最前の問いを繰り返した。

「うちじゃあ、御用が御用だ。世間様の仕来《しきた》りの藪入りはねえ。藪入りの盆正月は掬《す》

摸《り》、かっぱらいが毎年横行する。そんなわけでうちは大忙しだ」

「そうか、藪入りはなしか。おれ、戻る家もないもんな。格別藪入りなんて要らねえや」

「弥一、その代わりな、縄張り内のお店《たな》なんぞから貰《もら》った品々をおれたち手先や女衆奉公人に親分とおかみさんが分けて下さり、お小遣いももらえるんだ」

「へえ、そんなことがあるんだ。それが今日なんだね」

「そういうこと」

と答える亮吉におみつが、

「それとおまえが持つ古縄となんの関係があるんだよ」

「おかみさん、だれになにを配るか決めたかえ」

「それが毎年の頭痛のタネだ。同じものをもらうわけじゃなし、反物《たんもの》があったり、巾《きん》着《ちゃく》があったり、帯があったりと、いつも雑多だよ。八百亀から今年から加わった弥一や女衆を入れて十六、七人の大所帯だ。だれにどれがいいか、と毎年正月十四日が近づくと頭を悩ますのさ」

「そいつを一気に解消してやろうという企《くわだ》てだ。おかみさん、今年の目玉はなんだえ」

「松坂屋《まつざかや》さんから初売りの残りものですって、粋《いき》な縞《しま》ものの反物と角帯を頂戴しましたよ、豊島屋《としまや》さんからは金券だ。豊島屋にツケがあるおまえなんぞは大喜びだろうね。なあに松坂屋さんにしたって売れ残りであるものか、最初からうちの習わしを知っていて、取っておいてくれた品だよ。これで袷《あわせ》を仕立てて博多献上《はかたけんじょう》の帯を締めると一段と男っぷりが上がるよ」

「しめた」

「なにがしめただ。だれがおまえにやるって言ったえ」

「だれにやるんだえ」

「未だ決めてません」

とおみつが言い切った。

「そこでさ、おかみさんの苦労を省いてやろうと考えたのさ。宝引《ほうび》きしてよ、品を決めるんだよ。これなれば、だれになにがあたろうと自分で選んで引いたものだ、文句のつけようもあるまい。今ね、巷でよ、宝引きが流行《はや》っているんだよ」

宝引きとは福引きのことだ。正月前後には毎年町会やお店なんぞで行われた。

「亮吉、考えたね。だけど、おまえに松坂屋の反物があたると決まったわけじゃないよ」

「勧進元《かんじんもと》のおれは最後に残った一本だ、これなれば文句ねえだろ。ねえ、おかみさん、今年はさ、宝引きして配りものを決めようよ」

と亮吉がおみつに願った。

「それで最前から古縄を解いて人数分、揃《そろ》えていたのか」

「そうなんだよ」

弥一が二人の会話に割って入った。

「そうすると、おれにも松坂屋さんの頂戴物があたるってことがあるんだね、亮吉兄さん」

「ある。だけど、松坂屋の反物はおれのものだ」

「どぶ鼠、おまえ、なんぞ騙《だま》しを企んでいるんじゃないだろうね」

おみつが亮吉を睨《にら》んだ。慌てて手を横に振った亮吉が、

「騙しなんてなしだよ、宝引きの順はおれが最後だもの。まあ残り物に福ということもあるけどよ」

「そううまくいくかねえ」

「おかみさん、それにさ、この宝引きには仕掛けがあるんだよ。一本は必ず外《はず》れを加える、さらにその一本にさ、一月《ひとつき》の厠《かわや》掃除の罰を加えるとそいつが当たった瞬間、座

が大いに盛り上がる。どうです、この趣向は」

弥一が眼を輝かせ、女衆も仕事の手を休めて、おみつを見詰めた。

「亮吉はこういうことになると馬鹿熱心だな」

という声がして金座裏の裏口からのっそりと彦四郎《ひこしろう》が姿を見せた。手には塩引きの荒巻鮭《あらまきじやけ》を一匹下げていた。

「なんだ、その荒巻鮭はよ」

「うちでよ、魚河岸《うおがし》から何本か貰ったんだよ。親方が金座裏にお裾分《すそわ》けしろっていうのさ」

「よし、その荒巻も宝引きに入れよう」

「だれが宝引きに入れるって言ったえ。まだ頂戴もしてないものを」

とおみつが慌てた。

「おかみさん、一匹の荒巻をうちで食べるのは当たり前だ。だけどさ、稲荷《いなり》の正太《しょうた》の兄いなんぞに当たってみな、正太の兄いは四人の子持ちだぜ、ふだん食わせるものも満足に食わせてねえや。随喜《ずいき》の涙を流して、これで正月がきたって喜ぶぜ」

「綱定《つなさだ》の大五郎《だいごろう》親方が聞いたら気を悪くしないかね」

「そりゃ、ないと思うけどさ。亮吉の企てにうまく乗せられたようで、使いのおれが釈然としねえな」

と彦四郎が呟き、おみつに荒巻鮭を渡した。

「だからさ、彦四郎のために縄を一本増やしてよ、おまえも宝引きに加わるんだよ。どうだえ、金座裏の亮吉様は等しく世のため人のために、あれこれと考えてんだよ。おかみさんは胸をぽーんと叩《たた》いて、縄の先の品を玄関座敷に運んでくれればいいんだよ。そしたら、あとはおれが準備万端、整えるからよ」

「なんだか亮吉に丸めこまれたようだけど、どうしたものかね、奥と相談してくるよ」

おみつが台所から奥座敷に戻って行った。

大きな神棚のある居間では宗五郎が菊小僧を相手に猫じゃらしで遊んでいた。菊小僧も亮吉の長口上を聞き飽きて、こちらに移動してきたようだ。

神棚の三方《さんぼう》には手先たちの小遣いが紙に包まれて山積みされていた。年季の入った八百亀の二両から弥一の二朱《しゅ》まで、宗五郎が御用を務めた年数を考え、毎年思案する金子《きんす》だった。

「ただいま」

玄関でしほの声がして、若夫婦が金座裏に戻ってきた。

政次としほは武州《ぶしゅう》川越藩の江戸屋敷へ年初めの挨拶《あいさつ》に行っていたのだ。

「親分、おっ養母《か》さん、遅くなりました」

政次が羽織の帯脇から銀のなえしを抜いて、神棚の三方、金流しの十手《じって》の傍らに置き、ぽんぽんと柏手を打って帰宅を告げた。

「お屋敷では変わりないかえ、しほ」

「園村《そのむら》、佐々木《ささき》家ともにお変わりないとのことにございました。静谷春菜《しずたにはるな》さんもお子さまも息災にされているそうです」

しほの実母早希《さき》の姉二人が嫁いだ先が川越藩松平《まつだいら》家家臣、園村家と佐々木家だ。また春菜は佐々木家の娘で、しほとは従姉妹《いとこ》ということになる。同じ家中の静谷理一《りいち》郎《ろう》に嫁いでいた。

「そうか、静谷家もいちだんと賑《にぎ》やかになるな」

「先を越されちまったね」

宗五郎とおみつが言い合った。

「しほ、おみつの言葉なんぞ気にするんじゃねえ。子を産む争いをしてどうなる、そう婆様になるのを急ぐ要はあるめえ。時がくりゃ、うちも一人増えるんだ」

「わたしゃ、二人一緒でもいいがね」

おみつが反論し、

「それよりおっ養母さん、表にまで亮吉の騒ぎ声が聞こえてきましたが、なんですね」

と政次が話題を逸らした。

「おお、それそれ。どぶ鼠が松の内の頂戴物の下げ渡しはさ、宝引きでやりたいと言い出したんだよ。女衆もまんざらではない顔をしているしさ、どうしたものかね」

「この季節、世間でも宝引きが流行っているようですね。吉原《よしわら》では旦那衆が大金をかけた福引をして遊女衆を大騒ぎさせているようです」

「宝引きまでして遊女の気を惹《ひ》きたいかね。男というのはどうしようもないよ」

おみつが世間の流行にいちゃもんをつけ、宗五郎が、

「宝引きな、元禄《げんろく》あたりに大流行《はや》りしたというが、また盛り返したか」

「おまえさん、どうしたものかね」

「松の内も今日で仕舞《しめ》えだ。気分を切り替えてまた元気に働けるように宝引きなんぞをして、ひと騒ぎするのも景気づけにいいかもしれねえな。ただしだ、金子を宝引きに乗せることは許さない」

宗五郎が釘《くぎ》を刺しておみつが、

「うちは男所帯だからさ、貰いものも男ものが多いけど、いいかね」

と新たなことを案じた。

「男に女物の扱《しご》き紐《ひも》や半襟《はんえり》があたるのも宝引きの楽しみの一つだろうぜ、女房にやるなりなんなりすればよかろう」

宗五郎が言い、

「おっ義母《か》さん、私、使ってない猪口《ちょこ》紅《べに》がございます。宝引きに加えてもらってようございますか」

「私もさ、簞笥《たんす》を引っ掻《か》き回せばなにか出てこよう」

と宝引きの催しが決まり、仕度が始まった。

張り切ったのは亮吉だ。

玄関座敷の襖《ふすま》を閉じて、下手な字で、

「立ち入り禁ず」

の札まで張り、持ち込まれた品をあれこれと値踏みした。

仕度が出来たころ、八百亀ら手先に髪結いの新三《しんざ》と、いつもの面々が金座裏に顔を揃えて、玄関座敷を通らずに廊下から居間の隣り合わせの八畳間に向かった。

「親分、町は静かだが、うちの様子がなんだかおかしいな、どうしましたえ」

「八百亀、亮吉が今年の頂戴物の分配は宝引きでするとよ、おみつに掛け合って一人であっちの座敷に籠《こも》って奮闘中だ」

「呆《あき》れましたぜ」

「どうした、八百亀」

「あの野郎、腹がしぶるってんで、先に帰らせてくれというから御用から外したんですぜ。そんなことを考えてやがったか」

八百亀が襖の向こうを睨んだ。だが、亮吉は夢中で、時折ぶつぶつとひとり言をいいながらもそれぞれの品物に縄を結んでいるのか、作業の真っ最中の気配だった。

「まあ、今年の松の内は大きな騒ぎもなく藪入りを迎えられそうだ。亮吉にも息抜きさせてやんな」

「親分とおかみさんがそう甘やかすからさ、あいつが調子に乗るんですぜ。むじな長屋の三人の一人は綱定の立派な稼ぎ頭だ。もう一人はうちの若親分だ、はんちくなのは亮吉だけですぜ」

「八百亀、そうやって彦四郎や政次と比べられることが亮吉の重荷になっていることも確かだろうよ。ちんころ兄弟のように物心ついたときから一緒に育ってきたんだが、よく考えりゃそれぞれ親も違えば、育ちも違う。亮吉は亮吉で役目を心得ているような気がしてな」

「長い目で見ろと仰《おつしや》るんで」

「まあ、そんなところだ」

おみつ、しほを手伝って弥一が燗《かん》をした酒を運んできた。座敷に折敷《おしき》膳が置かれて燗徳利がならび、

「独楽鼠《こま》の趣向を待つ間、酒でも舐《な》めてな、八百亀」

おみつが金座裏の番頭《ばんとう》格の八百亀を宥《なだ》めるようにいった。

「へえ、頂戴します」

とおみつから酒を注《つ》がれた八百亀が、

「来年の正月には若親分としほさんの子がいるんですね」

と話しかけた。

「そういうことだ。うちも賑やかになるぜ」

「男ですかね、女ですかね」

と八百亀がいう。

「おれはどっちでもいい、無事に生まれてくれればな」

「親分、子持ちのおれの見立てを言っていいかえ」

と稲荷の正太がしほの顔を見ながら言った。

「ほう、分かるか」

「うちは男二人に女二人だ。不思議なことにさ、男が生まれるときと娘が生まれるときと嫁の顔付きと体付きが曰《いわ》く言い難く違うんですよ。やはり娘だとさ、なんとなく嫁さんの顔付きも優しくなる」

「しほはどうだえ」

「男だね」

「あら、稲荷の兄さん、私の顔付き、刺々《とげとげ》しくなったの」

「しほさん、そうじゃねえ。なんとなく全体から醸し出す雰囲気が男の子のような気がするのさ」

「よし、稲荷の見立て、もらった」

とおみつが叫んだとき、

「よし、終わった」

と玄関座敷から亮吉が叫ぶ声がした。

二

全員が玄関座敷の襖が開くのを待った。すると襖の前に亮吉が座る気配があって、

えへんと一つ空咳《からぜき》がした。さらに、
ちょん！

と柝《き》の音《ね》が響いた。

「とざい東西、享和二年（一八〇二）の新春も早《はや》松の内の打ち止めにございい。明日は江戸の町屋の恒例、藪入りにございます。長閑《のどか》な金座裏の日々も今宵で終わり、明日明後日《あさって》の大忙しの日になりましょう。金座裏では男衆女衆と十と六、七人ばかりの奉公人がございますが、御用柄《がら》藪入りの風習はございません。お上の御用は藪入りを待ち望んで額に汗する小僧さん、手代《てだい》さん、女衆が明日からの二日、何事もなく親もとや奥山などの繁華な場所でふだんの奉公の疲れを忘れ、英気を養うのを見守ることにございます。

そこで松の内も終わりの今宵十四日、金座裏では宗五郎親分、おかみさんのご厚意で年末から年始にお得意から頂戴した品々を私ども手先に下げ渡しするのが恒例にございます。むろん全員に親分からいささかなりとも金子が出る。まあ、わっしどもの藪入り行事を前にした楽しみにございます。

毎年なればおみつ姐《あね》さんが、頂戴したものをこれは八百亀の爺《じい》様によかろう、こっちの駄菓子は子だくさんの貧乏人の稲荷の正太兄にやろうと頭を悩ましておられます」

「ちえっ、おれを爺《じじい》扱いにどぶ鼠のやろう、しゃがったぜ。もっとも娘に子がいるんだ、爺には違いねえが、あいつに言われるとむかっ腹がたつ」

と八百亀がぼやいた。

「そこで今年はおかみさんの悩みを解いて、宝引きで品を自分で当てさせようという新趣向にございます。金座裏一の知恵者むじな亭亮吉師が知恵を働かせて、あれこれと装いを凝らしました。

さあて、皆々様、かつてわれらの手先仲間だった政次さんが金座裏の若い親分に就き、しほさんが嫁になり、今年は新しい家族が誕生する誠にめでたい年にございます。そんなわけで若親分夫婦が頂戴物をもらう立場から配る立場に変わって抜けましたが、新たに弥一が見習いで加わり、なぜか綱定の彦四郎が蝦夷《えぞ》から荒巻鮭を担いでめいりやしたので、この際、彦も人数に入れて、賑々しくも宝引きを催します。いささか口上が長くなりましたが、最後にご注意申し上げます。宝引きの面白さは意外性にございます。若い女衆のおるりちゃんに男物の下帯《したおび》があたり、波太郎《なみたろう》に緋縮《ひぢり》緬《めん》の長襦袢《ながジュバン》があたることもございます。これは自らの運が引き当てたもの、ご勘弁願います。

さらにもう一つ、宝引きを盛り上げるのは外れ籤《くじ》にございます。八百亀の兄さん、この勧進元のむじな亭になんぞ空籤に仕掛けがあるのではないかなどと文句はなしにして頂きます。外れ籤の場合、どなた様も今年はツキのない年初めと潔《いさぎよ》く諦《あきら》めて貰います」

「そいつはいたしかたねえな。亮吉、おめえはいい品を格別に引き当てようと細工してんじゃないか」

だんご屋の三喜松《みきまつ》が襖の向こうに聞く。

「だんご屋の兄さん、それはねえよ。なんたって皆が引いた後の残りがおれのものだ」

「それなればいいか」

「だんご屋の兄さんが口上の腰を折ってくれましたが、この金座裏名物の宝引きの空籤にはもう一つ趣向を凝らしてございます。はい、空籤には景品がつきます」

「なんだ、なにかつくんじゃないか」

「はい、いかにもさようです、常丸《つねまる》兄い。外れ籤のおまけは一月の厠掃除の罰が隠されてございます。この籤を引かれたからには潔く金座裏の厠掃除を一月務めてもらいます、よろしゅうございますな」

亮吉の最後の言葉に襖のこっち側でざわめきが起こり、

「宝引きで罰があるとは思わなかったよ」

だんご屋の三喜松がぼやいた。

「さあて、最前金座裏名物と申し上げましたが、今後も金座裏名物の催《もよお》しにしたいとの願望をこめてのこと、どなた様も恨みつらみが残らぬように、隅から隅までのお客様におん願いたてまつりまーす」

と口上を言い終えた亮吉の前の襖が、あらかじめ命じられていた波太郎と弥一の手で静々と開かれた。

すると亮吉が紙で作った手製の継裃《つぎかみしも》を着込んで平伏し、頃合いを測って顔を上げ、一統を右から左に睨み回しながら、

「よいですか、女衆も揃っておられますな。今年が皮切りの宝引きにございますれば、金座裏に長年巣食う爺様の八百亀の兄さんからお引き願います。よいですか、去年まで御用に使われていた捕り縄を選んだからといって、八百亀の兄さん、いきなり品を手元に引き寄せてはいけませんよ。最後の弥一が引き終わるのを待って、それから摑《つか》んだ縄の端を持ってゆっくり手元に手繰《たぐ》って下さいな。楽しみはしばらくあとにおあずけに願いますよ」

「なんとも面倒な趣向だな、どこに宝引きの縄はあるんだ」

八百亀がいうところに紅白の布で束ねた縄の束を亮吉が控えの大広間に伸ばして、

「へえ、八百亀の兄い、どうぞ」

と差し出した。

古縄で拵《こしら》えた宝引きの縄は、彦四郎を加えて人数分の十八本あった。

「くそっ、亮吉に乗せられたようで悔しいが、この齢でどきどきするぜ。さあて、どれにするか」

と迷いながらも十八本の縄束から一本を選んだ。

「これでございますね、八百亀の兄い」

「文句はいわねえ、これだ」

亮吉が縄の束から一尺（約三十センチ）ばかり伸ばし、用意していた〝八百亀兄い〟のこよりを縄の端に結びつけた。

「はい、八百亀の兄いは決まりだ。続いて台所を預かる女衆頭のおたつさん」

「いやだよ、なんだか私も胸がどきどきするよ」

と言いながらもおたつが二本目の縄を選んだ。そこにも亮吉がこよりを結んだ。それを皮切りに残った面々が齢の順に次から次へ縄を選び、髪結い新三も彦四郎も引いて、最後に弥一が二本残ったうちから一本を選んだ。

「とざい東西！」

と新たに柝が入り、さらに大きく襖が開かれた。そして、玄関座敷に広げられた品々に縄の端が結びつけられているのを見て、一同が、

「わたしの縄の先はなんだい」

「おれのはどうやら松坂屋の反物と献上帯だぜ」

と勝手なことを言った。

「しばしお待ち下されよ。さあて、八百亀の兄い、どうぞ前に」

と再び呼び出され、緊張の体《てい》の八百亀がこよりを結ばれた縄の端を掴み、その縄の先を亮吉が手繰って、玄関座敷の品々の間を縫って、

「一番宝引き、八百亀の兄いはおおーあたり、米問屋の越後屋《えちごや》さんから頂戴した米一俵の引き換え券だ！」

と亮吉が叫んで一座が沸いた。

「へっへっへ、日頃の行いがいいからよ、米一俵だと。亮吉に礼を言うのもなんだが、有難うよ」

越後屋の引き換え券を手にひらひらさせながら居間に戻ってきた。

「続いて、女衆頭のおたつさんだ」

「ああ、胸がどきどきするよ。独楽鼠たら、あたしになにを呉《く》れる算段だ」

「呉れるんじゃないよ、自分で選んだ縄を確かめなよ。これでいいね」

「いい」

ときっぱりおたつが返答して亮吉が縄を辿《たど》り、

「おやおや、おたつさんには姐さんが提供した合切袋《がっさい》だよ」

「えっ、おかみさんの合切袋だって」

「それは使ってないもんでね、中に財布も入っているよ。おまえさんの年ごろにはちょうどいいかもしれないね」

「おかみさん、有難う」

宝引きが段々と進み、彦四郎が担いできた荒巻鮭は念じたとおりに子だくさんの稲荷の正太にあたり、豊島屋の金券は常丸が引き当て、なんと目玉の反物と博多献上の帯は彦四郎にあたった。

「荒巻鮭で松坂屋の反物と博多献上帯を釣り上げたよ。よし、松坂屋にいって、番頭さんに仕立て屋を紹介してもらおう。おれに似合いそうな縞柄《しまがら》だよ」

と彦四郎が満面に笑みを浮かべた。

「くそっ、彦の野郎にいちばん籤を引き当てられたよ。悔しいな」

手製の継裃の亮吉がぼやいた。

「さあ、続けた続けた」

宝引きがだんだん進み、最後は台所に一年前に雇われた女衆のおるりに弥一、そして亮吉の三人が残った。

「いよいよ三本だ。なにが残ったえ」

と宗五郎が亮吉に聞いた。

「一つは黄楊《つげ》の櫛《くし》と猪口紅、もう一つは室町《むろまち》の煙草《タバコ》問屋が親分にってくれた根付《ねつけ》付きの煙草入れだ」

「となると最後の一本は空籤、厠掃除付きか」

「親分、最前からおりゃ、胸がばたばたしているんだ。なんでだれも空籤を引かないんだよ」

「おめえが決めたことだ」

と八百亀が素っ気なく言い、

「おるり、おまえの番だ」

と促した。

おるりが神棚に向かって拝礼し、振り返るとこれです、と亮吉へ自分の縄を差し出

し、亮吉が縄を辿って、

「大当たり！　若い娘にゃ、うってつけの黄楊の櫛に猪口紅だ。しほさんが出した景品だぜ」

「ありがとう、若おかみさん」

おるりが居間に控えるしほに礼を述べて、景品を胸に大事そうに抱いて大広間に戻ってきた。

「おい、弥一、おめえの縄はどれだ」

「兄い、どれだって言ってこれだよ」

「これでいいんだな、もう一本残っているぜ。そいつに変えてもいいぜ」

「だって最前迷った末に引いた宝引きだ、変えないよ。これでいい」

と弥一が自分の名のついたこより紐の縄を亮吉に渡すと、

「わあっ！　なんてこった」

と亮吉が叫び、

「弥一、持ってけ、泥棒。室町の煙草問屋の天狗屋《てんぐや》が親分に贈った鼠の根付付きの印伝《いんでん》革の煙草入れだぞ」

と弥一に渡した。

「兄い、おれ、まだ煙草は吸わないよ。で、亮吉兄いはなにが残ったんだ」

「馬鹿野郎、最前外れ籤は説明したじゃないか。お膳立てしたおれが一月の厠掃除の外れ籤だと。ああー、世の中ってどうして無情なんだろうね」

亮吉ががっくりと肩を落とした。

「ささっ、亮吉が勧進元の宝引きは終わったよ。こっちにきて親分から小遣いを貰ってさ、女衆は御膳をこっちに運んでおくれ、一杯飲んで明日の藪入りの警戒にそなえるよ」

とのおみつの声で八百亀から小遣いを頂戴し、

「親分、有難うございます」

と次々に礼を述べては紙包の金子をもらっていき、女衆は台所に下がって夕餉の仕度を再開し、男たちは居間から続き部屋の大広間に陣取って引き当てた品を眺めていた。

亮吉が独り景品がなくなった玄関座敷に胡坐《あぐら》をかいて悄然《しょうぜん》と肩を落としている。政次と彦四郎が見ていると亮吉がため息を大きくした。

「ついてねえや、今年も」

と呟く亮吉に弥一が歩み寄った。

「兄い、おれにはもう旦那の親方もいないし、煙草を吸う齢でもないよ。それにだいいちおれは金座裏の新参の見習いだ。厠掃除が似合いの齢なんだ、亮吉兄い、この煙草入れの根付、鼠だよ。兄いにぴったりの持ち物じゃないか。これとさ、厠掃除の役目を替えておくれよ」

弥一が印伝の煙草入れを亮吉の手に押し付けた。

「そんなばかかな。宝引きを企てたのはこのおれだ。おれが空っ籤を引くのは収まりがいいことなんだよ。弥一、大きくなるまでその煙草入れ、大事に持ってな。おりゃ、明日から厠の掃除当番だ、心配するねえ」

「まあ、いいってことよ、この煙草入れは兄いのものだ。厠掃除もおれ、手伝うからよ」

と言い合うのを神棚の前から宗五郎が見ていた。

「どっちが年上だかわかりゃしねえ」

と彦四郎が呟き、

「亮吉、ご苦労だったな」

と宗五郎がねぎらった。

「なんだか、胸の中にすうっと冷たい風が吹いていくようだ。弥一にまで同情されちや、金座裏の独楽鼠も終わりだ」

「そういじけるんじゃねえよ。弥一の厚意は素直に受けるもんだ」

「いいのか、そんなことして。勧進元が具合悪くねえか」

「弥一の気持ちは素直に受けねえ。だがな、その代わりおめえには母親に捨てられた弥一を金座裏の一人前の手先に育てる役目を与える。いいな、おめえが手本になって、弥一の面倒を見るんだ」

「へえ、親分」

紙の継裃の亮吉が宗五郎に請け合った。

「おみつ、弥一にな、春永になったらなんぞ袷《あわせ》でも見繕《みつくろ》ってやれ」

と命じて、金座裏の宝引きは終わった。

そのとき、玄関先に人の気配がして、ご免よ、と北町定廻《じょうまわ》り同心寺坂毅《てらさかき》一郎《いちろう》が着流しの上に巻羽織で居間に入ってきた。

「おや、夕餉だったか」

「亮吉が宝引きをやるってんで、ひと騒ぎしましてね、いつもより刻限が遅くなりました。寺坂様、夕餉は食されましたかえ」

「野暮《やぼ》用で下谷《したや》広小路まで出かけてな、今になった。この界隈《かいわい》を通りかかったんで寄ったんだ」

「ならばいっしょに松の内が無事明けた祝いに一杯飲んでいって下さいまし」

「正直気の重い用事でな、なんとなくそいつを忘れたい気分なのさ。おみつさん、邪魔していいか」

「寺坂の旦那、水臭いいね、二十人に一人加わっても大した手間ではありませんよ」

おみつがしほに膳を一つ増やすように目で命じた。

「明日から藪入りか、こちらも大過なく過ぎるといいんだがな」

と寺坂がいつものもの、長火鉢脇の定席に腰を下ろした。

女衆を含めて二十余もの箱膳が並び、酒が出て、一座が再び賑やかになった。

「しほさん、やや子は元気だね」

寺坂毅一郎がしほの懐妊の具合を尋ねた。

「お陰様で健《すこ》やかに育っているようです。年の瀬に箱根、熱海《あたみ》と湯治に連れていってもらい、歩いたのがよかったと医者は言っています。できるだけ体を動かすほうがお産は楽だと言われますし、私もそうするつもりです」

「私らの時代とお産も違うのかね。もっとも私には子が授からなかったがね、大店《おおだな》の嫁さんなんて外にも出してもらえなかったもんだよ」

「来年、この近辺に赤子がいると思うと不思議な気持ちですぜ」

と宗五郎が笑い、寺坂に酌をした。

「親分のところはおかみさんが今言ったように子がなかった。むろんさ、政次若親分としほさんが金座裏に入って、一気に倅《せがれ》と嫁が出来たが、孫が出来るのはまた格別な気持ちだ。親分、おかみさん、こいつばかりは経験してみねえと分かるめえよ」

と八百亀が言い、

「なんにしても金座裏に子が出来るのは嬉《うれ》しい話よ。数多《あまた》御用聞きがいる中で開闢《かいびゃく》以来の十手持ち、それも家光様お許しの金流しの家系が途絶えるのは江戸の損失だ。与《よ》力《りき》同心の代わりはなんぼでもいるがよ、金座裏ばかりは別格だ。十一代目だと、めでたいがね」

「四人の子持ちの稲荷の正太の辻占《つじうら》では、しほの顔に男と出ているそうでございまして、おみつなんぞはそれを信じてますのさ」

「親分、おかみさん、おれの勘に狂いはないよ」

と大広間から稲荷の正太が言い、

「正太、明日からあたしゃ、神田明神にお百度を踏みにいきますよ」

とおみつが張り切った。

「とうの政次若親分としほはどうなんだ」

「私たちは男の子でも女の子でも元気なればそれでいいと思っています」

政次の返答に宗五郎が、

「ほれ、見ねえ。姑《しゅうとめ》が張り切り過ぎても家の中に揉《も》め事がおきる因《もと》だ。子供なんて授かりものよ。ゆっくり構えねえな、おみつ、おまえが生むんじゃないんだからな」

「お百度はだめかえ」

「風邪《かぜ》でも引いて、しほに移すほうが剣呑《けんのん》だ」

ふうっ
とため息を吐《つ》いたおみつが、

「早く秋がこないかね」

と呟いた。

三

寺坂毅一郎が八丁堀に戻るというので亮吉が提灯持《ちょうちんも》ちで従うことにした。

宝引き騒ぎのあとの夕餉を賑やかにとった。ために五つ（午後八時）過ぎの刻限になっていた。

亮吉が広土間から玄関戸を出ようとしたとき、外格子戸の外に人影がうろうろして、訪《おとな》いを告げるのを躊躇《ためら》っている様子が見えた。

金座裏ではよくある光景だ。

「寺坂様、ちょいとお待ちを」

亮吉が心得顔に言い残し、提灯を手に玄関から格子戸へと向かった。

金座裏は表庭があり、外格子戸から玄関まで長さ二間《けん》半ほどの石畳が敷かれてあった。幅は五尺（約一・五メートル）ほどの石畳の左右に熊笹《くまざさ》が植えられ、背の低い石灯籠《どうろう》がぼんやりとした灯《あか》りを石畳に投げていた。

「どなたですね。金座裏の格子戸は関所じゃございませんぜ、お困りの方が叩くお助け戸ですよ」

亮吉が手にした御用提灯を突き出した。すると顔を背けるように訪問者が二、三歩、灯りの外に逃れた。

金座裏前で迷う訪問者は、何事か差しさわりや悩みを抱えていた。そのことを亮吉は承知していたから静かに声をかけた。

「独楽鼠の亮吉さんか」

と戸惑いの声が応じた。それでも灯りの中に姿を見せるのを迷っている風情があった。

「おれの知りあいかえ。顔をだしなよ、話にならないぜ」

亮吉は言葉遣いを変えて呼びかけたが格子戸には手を掛けず、相手に最後の覚悟を付けさせた。

「すまねえ、こんな時分に」

と言いながら格子戸の前に姿を見せたのは、町火消《まちびけし》一組い組の小頭《こがしら》の京次《きょうじ》と魚河岸の魚問屋幸乃浦《さちのうら》の藤吉《とうきち》だ。

「なんだ、い組の兄さんと魚河岸の藤吉さんか。うちの敷居は梯子《はしご》をかけるほど高くはねえがね。気楽に入りなせえよ」

亮吉が格子戸を開き、案内するように石畳を先に立った。

江戸町火消は十番組に組み分けにされ、さらにその支配下にいろは四十七組（のちに四十八組）があって九千人近い鳶《とび》がいた。本所深川は別にしてのことだ。

江戸の男気を競った町火消の一番組い組は、本町、本石《ほんこく》町、室町、小田原町、本《ほん》銀《しろがね》町、本両替町、本材木町、本船《ほんふな》町、駿河《するが》町、瀬戸物町、伊勢町、安針《あんじん》町、万《よろず》町、青物町、呉服町、岩附《いわつき》町、通《とおり》一丁目と、日本橋を挟んで魚河岸を中心とした江戸町屋の中心地を縄張りにしていた。

い組の頭は本町三丁目の「念仏の徳五郎《とくごろう》」で、その支配下に五百人からの火消がいた。金座裏との付き合いも代々だ。

京次は幹部で、なりもでかいが威勢もいい。それが今晩はしょぼくれていた。

「お入りなせえ」

亮吉が二人を戸口から広土間に入れると寺坂毅一郎がおり、若親分の政次ら手下たちが顔を揃えていたから、さすがのい組の猛者《もさ》も藤吉も息を飲んで首を竦《すく》め、

「こりゃ、いけねえや」

と京次が情けない声で呟き、大きな体をさらに縮めた。

「い組の小頭と藤吉じゃありませんか。縄張り内の兄さん方、なんぞ面倒がございましたか」

政次が磊落《らいらく》な調子で声をかけ、寺坂も様子を見守るように上がり框《がまち》にまた腰を下ろした。

「まさか寺坂の旦那までおられるとはな」

藤吉も萎《しお》れた仏花のように肩を竦めた。

「兄い方、座敷に上がるかえ」

亮吉が訊いた。

「いや、それどころじゃねえ」

「ならば話しねえな。ふだんの京次さんと藤吉さんの威勢はどこへいったえ」

「まさかな、寺坂の旦那までな」

と京次がまたぼやいた。

「わしがおらぬほうがよければ場を外そう。あとで大番屋やお白洲《しらす》で対面するよりは金座裏のほうがよくはないか」

寺坂毅一郎も縄張り内のこと、二人を承知していたから優しく言った。

「兄いよ、それとも宗五郎親分が話し易《やす》いかえ」

と亮吉が口を添えた。

「滅相もねえ」

と京次が答えるところにしほが盆に淹《い》れたての茶を運んできた。

「しほさん、すまねえ」

「兄さん方、うちは親分以下、お味方ですよ。なんでも腹蔵なく話せば悪いようには決して致しませんよ」

しほも言葉を添え、

「しほさん、面目ねえ」

と京次が頭を下げ、

「おれ、茶貰っていいかね、喉《のど》がからからだ」

と藤吉がだれにいうともなく断り、温《ぬる》めに淹れられた茶をがぶがぶと喫して、ようやく一息吐いた。

「魚河岸の連中とさ、本横丁の料理茶屋の百川《ももかわ》でよ、無事に松の内が終わったてんで、一杯飲んだんだ。まあ、一刻（約二時間）ほどでいつもは切り上げるのだが、今年は最後に宝引きをやろうってことになっていてよ、皆があれこれ趣向を凝らした品を持参して次の間においてよ、お膳立てをしたと思いねえ」

「なんだ、兄い連も宝引きか、うちも最前楽しんだところよ。ところが勧進元のおれがはずれ籤、一月の厠掃除があたっちまったよ、散々だ」

と亮吉がまた悔やんだ。

「独楽鼠、いやさ、亮吉さんよ、厠掃除くらいならば御《おん》の字だ。このおれが引き当てたのは女の骸《むくろ》だぜ。ついてねえよ」

小頭の京次ががっくりと肩を落とした。

さすがの金座裏もざわめいた。

宗五郎は顔出ししなかったが、居間で話し声を聞いている。いつものことだ。

「さすがにい組と魚河岸の連中だ、宝引きに女の骸まで用意したか」

「亮吉さん、馬鹿も休み休み言いねえ」

「だろうな」

だれもが未だ様子が分からないでいた。

「たしかに商売もんの鮪《まぐろ》一本を担ぎ込んだ野郎はいやがったがよ。まさか芸者の小夏《こなつ》の骸が縄に掛かろうとは夢にも思わなかったぜ」

「小夏って柳橋《やなぎばし》の芸者だな。それにしても話がかいもく見えないぜ」

と亮吉が急《せ》かせた。

「亮吉、少し黙っていられないかえ。京次さん方に話させるんだ」

政次が注意し、京次が話を再開した。

「百川に柳橋から三人ばかり芸者を呼んで、華を添えたと考えねえ」

「いいな、魚河岸の飲み会は」

と言いかけた亮吉が慌てて口を噤《つぐ》んだ。

「三人の芸者の一人、おちゃっぴいの小夏がさ、私も景品になるって言い出してさ、飛び入りで宝引きの景品に加わったと思いねえ。おれたち、馴染みの仲だ。酒の勢いもあってさ、勢いで小夏は景品に加わったんだが、むろん一夜妻とかそんな話じゃねえよ、場を盛り上げるための余興だったんだ」

と京次は寺坂の手前、わざわざ念を入れて事情を説明した。

「ところが、おれがいの一番に指名されて麻縄を引いてみると、なんとも重い代物《しろもの》で、片手くらいじゃびくともしねえ。あんまり奇妙なんでよ、纏持《まといも》ちの仁助《にすけ》が次の間の襖をちらりと開けたらよ、裾を乱した小夏が苦悶《くもん》の表情で死んでいるというじゃねえか、大騒ぎの発端だ。大概のことにはびくともしねえお兄《あに》いさんだが、こんどばかりは腰が抜けるほど驚いたぜ」

「小頭、百川の座敷に小夏の骸が転がっているというんですね」

「そういうことだ、若親分」

「死んでいるというのはたしかですね」

「仲間の八公《はちこう》は火事の現場でよ、怪我《けが》人や病人の面倒をみるからさ、骸にも慣れていらあ。奴がさ、小夏が息をしているかどうか調べたうえに脈も診て、小頭、死んでいると言ったから、たしかなことだよ」

「京次さん、小夏はぽっくり病のような病で亡くなったんですか、それともなにか別の原因でしょうかね」

「小夏は若いし、ぽっくり病ということはなかろう。形相《ぎょうそう》が凄《すご》いもの、殺されたんじゃないか。でもさ、若親分、わずかな時間に小夏を殺すなんて芸当ができるものかね、二十人近いおれたちが襖ごしに宝引きの縄を持って控えていたんだぜ」

「小夏の身体から血は流れておりませんでしたか」

「血までおれはたしかめる余裕がなかったな。火事場ならばどんな死人にも驚かないがさ、百川の座敷の死人には気が動転してよ。藤吉さん、小夏が血を流しているのを見たか」

京次の問いに藤吉が顔を横に激しく振った。

頷いた政次の眼が寺坂にいった。

「いきがかりだ、おれもいこう」

頷いた政次が八百亀に合図して、出張りの仕度が即座に整えられた。

「百川にぞろぞろと金座裏全員で押しかけても迷惑だろう。寺坂様、若親分に従うのはおれと稲荷に常丸、亮吉、使い走りに弥一を連れていこう」

と八百亀が百川に赴《おもむ》く手先を名指しした。

宗五郎は政次に任すつもりか、奥から一切顔を出さなかった。

しほが切り火をして一行と報告に来た二人を送り出した。

金座裏から本横丁まで指呼《しこ》の間《かん》だ。

料理茶屋百川は老舗《しにせ》というわけではない。

先代は魚河岸で魚問屋を営んでいたが、倅に家督を譲ったあと、好きな魚料理を食わせる店を本横丁に開店したのだ。

魚が新鮮で調理が丁寧な上に斬新《ざんしん》というので評判になり、七、八年前、総二階建ての料理茶屋に建て替え、屋号百川を名乗るようになった。

消費文化が広まるのは元禄期だが、本式な料理茶屋が江戸に根付くのはもっとあとのことだ。

高級料亭八百善《やおぜん》が浅草山谷《さんや》に登場するのが享和三年、この物語と前後する。江戸の食通たちが競って浅草山谷通いをするようになるが、百川は八百善ほどの食通向けの料理茶屋ではない。それでも先代の出が魚河岸だけに値も相応に安く、魚河岸の連中がひいきにする人気の店だった。

その百川は森閑としていた。

寺坂と政次を見た番頭の茂蔵《しげぞう》が、

「お手数をおかけします」

と二人に挨拶し、

「小頭、仲間には残ってもらったが、他の客は帰しましたよ」

とだれにいうともなく言った。

「えっ、番頭さん、客を帰したって。そいつはまずいな」

八百亀が茂蔵に文句をつけた。

「八百亀、だって、おまえさん方のお調べの邪魔にもなろうじゃないか。それに小夏の朋輩《ほうばい》は柳橋に戻して、見番《けんばん》や抱え主に知らせなきゃあなるまい」

「京次さんに聞いたが、小夏は病で亡くなったとは思えねえというじゃねえか。殺しだとしたら、他の座敷の客がということもある。小夏の朋輩にはあれこれと小夏について聞かなきゃならないこともある。ためにわざわざ寺坂の旦那も同道なされたんだぜ。おれたちが来るのを待ってほしかったな」

険しい表情で八百亀が文句をつけたが、あとの祭りだ。

「番頭さん、帰した客の身許《みもと》は分かっておりましょうね」

と政次が訊いた。

「それはもう、お馴染みさんばかりで、小夏を殺すような客なんて一人もおりませんよ」

「常丸、茂蔵さんから今晩百川を訪れた客全員の名を聞いて下さい。それと百川の奉公人の名もね」

「若親分、うちの奉公人に限って小夏になんぞ仕掛けるような人間はいませんよ」

茂蔵が政次に抗弁した。

「お調べの手順です。百川の主《あるじ》一家もお願いしますよ」

「金座裏の若親分、ちょいとやり過ぎではございませんか。いくらなんでも、うちの主人一家をお調べになるなんて」

茂蔵が言いかけたとき、

「うちが早とちりをしてしまいました。番頭さん、お奉行所と金座裏が仰ることには素直に従いなされ」

と当代の百川の主の百兵衛《ひゃくべえ》が姿を見せて番頭に命じた。むろん寺坂とも金座裏とも顔見知りの仲だ。

「百兵衛旦那、とんだ騒ぎに巻き込まれたな。だが、われらの御用は嫌なことを厭《いと》わずにやらねばならないんだ。許してくれ」

寺坂が百兵衛に優しく願い、

「どうかご存分にお調べ下さい」

と主も応じた。

河岸の連中がひと騒ぎしたという座敷は二階だった。

二十四畳と十二畳の続き部屋で、二十四畳の膳はすでに片付けられ、宝引きの真新しい麻縄が十二畳から伸びてきて、散らばっていた。そして、その座敷の片隅に、い組の連中と魚河岸の面々が一塊で黙り込んで座っていた。

「おお、若親分か。おや、寺坂の旦那もご出馬で、面倒を掛けますな」

と一同の中から魚河岸の小田龍《おだたつ》の若旦那の荘次郎《そうじろう》が声をかけてきた。

「小田龍の若旦那、とんだことに巻き込まれなすったな。だが、人ひとりが亡くなったんだ。すまないが私どもに付き合って下さいな」

政次が十手風を吹かせるわけでもなく、願った。

「もちろんのことだ。政次さん、寺坂の旦那、おれたち、小夏が隣座敷に消えて、次に骸で見つかるまで、だれ一人としてこの座敷から離れた者はいないんだ。少なくとも小夏を殺すような真似《まね》が出来た野郎は一人もいませんぜ。そいつだけは最初に言っておこう」

「荘次郎さん、しかと聞きました」

と受けた政次が、

「この宝引きをお膳立てした世話役はだれですね」

「へえ、わっしだ」

と名乗り出たのは、金座裏に京次と一緒に知らせにきた幸乃浦の若い衆の藤吉だ。二十七、八の働き盛りで金座裏とも馴染みの顔だ。

「藤吉さん、するとそなたが最後に小夏の生きた姿を見たということになりますか」

「若親分、たしかにこのおれだ。宝引きの品を隣座敷に散らばせて麻縄を結び、こちら座敷に引っ張ってきてさ、最後に小夏が隣座敷に出向いて、おれが手首に最後の縄を結んだんだ。だから、最後に間近で見た人間はだれかと問われれば、おれと答えるしかないな」

「間近でなければ、そのあと小夏を見た者がいるんですね」

「いや、いない。だがな、ここにいる全員が小夏の声を聞いたんだよ」

と荘次郎が応じた。

「どういうことだえ」

と八百亀が問い質《ただ》す。

寺坂は黙って若親分の政次と八百亀で進行する調べを見ている。

「藤吉が小夏の手首に麻縄を結んで、こっちに戻ってきたと思いねえ。そのあと、小夏が襖の閉じられた向こう座敷から、『兄《あに》さん、私を引いてよね』と大声で叫んだんだよ。ありゃ、死ぬ人間の声じゃねえよ、おちゃっぴいそのままの小夏の朗《ほが》らかな声だったぜ」

「荘次郎さん、兄さんってだれですね」

「幸乃浦の若い衆よ。清三郎《しんざぶろう》、面《つら》だしな」

一塊の中から青い顔の若い衆が立ち上がった。

政次や金座裏とも顔見知りだが、親しく言葉を交わす仲ではない。

「おまえさんが清三郎さんでしたか。一座の前でちょいと答えづらいかもしれませんが、小夏とは親しい仲でしたか」

「わっしと小夏は三光新道《さんこうじんみち》の裏長屋でいっしょに育った仲にございます。兄と妹のように育ちました。ために小夏はわっしを兄さんと呼ぶんです。ですが、それ以上のことは」

「ないか」

と八百亀が念を押し、清三郎が頷いた。

「八百亀、稲荷、皆さんから順に話を聞いておくれ。亮吉、おまえは常丸を手伝って、今晩百川に来ていた客を調べておくれ」

政次が手配りをして、最後に残った手先見習いの弥一を見た。

「弥一、これから仏様に会います。御用柄、金座裏では骸をしばしば扱うことになります。その覚悟はできていますね」

と松坂屋時代と変わらぬ丁寧な口調で念を押した。

「若親分、大丈夫だよ。おれは金座裏の手先になるんだ。そのためにどんな怖いことも目を瞑《つぶ》っちゃならないって、旦那の源太親方が最後に教えてくれたことだ」

「そうです、私たちは眼をぱっちりと見開いて、どんな些細《ささい》なことも見落としてはいけないんです」

弥一に噛んで含めるように言い聞かせた政次が、

「弥一、行灯《あんどん》を持ってきなさい」

と命じた。

四

十二畳の隣座敷には宝引きの獲物が持ち込まれたそのままに散らばって、麻縄が結ばれていた。だが、一つだけ後から加わったものがあった。

柳橋の若い芸者の小夏の骸だった。

骸の傍らには座敷に運び込むには苦労したと思える石臼《いしうす》と杵《きね》があった。

京次が本来引き当てたはずの品と思えた。その石臼と杵は麻縄が結ばれてなかったからだ。

政次と寺坂毅一郎は苦悶というより驚きの表情を残した小夏の顔を仔細《しさい》に確かめた。

下手人《げしゅにん》は小夏の口を、手拭《てぬぐ》いを持った手で封じて声を立てないようにしたか。愛らしい顔の小夏は刷毛《はけ》で化粧を軽く刷き、紅を塗った程度の薄化粧だった。その小夏の歯の間には必死で手拭いを噛んだときに破れたと思われる手拭いの一部が残っていた。

政次は小夏の口の間から手拭いの切れ端を掴みとり、自分の手拭いに包み込んだ。下手人の遺留品と思えた。

春らしい晴れやかな小袖《こそで》の裾が乱れて抵抗した様子があった。

「弥一、行灯を顔に寄せておくれ」

と政次が命じ、真新しい捕物帳に何事か記していた弥一が、

「へえ」

と返答して行灯を小夏に近付けた。

政次は捻《ね》じれた小夏の身体を調べていった。

裾以外、着衣が乱れた跡はない。

それにしてもなぜ小夏が襲われたとき、襖の向こう、隣座敷にいる火消、魚河岸の連中は気付かなかったのだろうか。

政次の第一の疑問だった。

「恐ろしく手際のいい野郎だな。ふつう口を塞《ふさ》いだのならば一気に絞め殺してもいいはずなのに絞殺ではない」

小夏の細い首はきれいなままだった。

「寺坂様、これを」

政次が行灯をさらに近づけ、灯《あか》りに浮かんだ盆《ぼん》の窪《くぼ》に残された刺し傷を見せた。虫に刺された程度の刺し傷が残っていた。

「畳針より一回り細い針が凶器かえ。なんとも手際のいいやつだぜ」

と寺坂が同じ言葉を繰り返して刺し傷に目を凝らした。

「若親分、間違いねえ。こいつが小夏をあの世に送り込んだのだ。若い芸者は手際のいい殺し屋に狙《ねら》われるような理由を持っていたかね」

政次の疑問を寺坂が代弁した。

政次は弥一が熱心に捕物帳に控える様子に目をやり、

「弥一、よう気付いたね」

と褒めた。

弥一は座敷に置かれた宝引きの品を書き留めていたのだ。

「若親分、古財布の中身も調べていいですか」

と使い込んだ縞の財布を差した。

傍らには鮪が一本丸ごと転がり、その隣には雪駄や草履があるかと思えば、印伝革の煙草入れ、ちびた座敷箒《ぼうき》、鼈甲《べっこう》の櫛笄《くしこうがい》、見事な桑材の煙草盆と、値が張る品から使い物にならない雑多な品が座敷に並んでいた。

縞の財布もまた引き当てた人間の口から、

「なんだよ、小汚ねえ財布なんぞ宝引きに出しやがったのはだれだ」

とぼやきが聞こえそうな代物だった。

「中身は銭が三文《もん》も入っているか」

と寺坂が呟き、政次が弥一に財布を開く許しを与えた。

「寺坂様、三文じゃないよ。ひらべったくて重いよ、なんだい、これは」

弥一が財布の紐を解くと、
きらり
と行灯の灯りに輝いて落ちたのは大判《おおばん》だった。

「お西《とり》さまの熊手の造り物か」

寺坂の言葉の先で大判に触れた政次が、

「いえ、寺坂様、ほんものの慶長大判《けいちょう》にございます」

「なんだって、魂消《たまげ》たね。火消の連中より魚河岸のだれぞが出した品だろうが豪儀《ごうぎ》だね。このおれの一年の働きより価値のある慶長大判をぼろ財布に入れて、あたった野郎の驚く顔を見ようなんて度胸はおれにはねえ。もっとも大判なんぞは生涯持つこともねえがね」

政次は松坂屋の手代時代に何度かお目に掛かっていた。

大判は市中に出回るものではない。だいたいが猟官《りょうかん》の際などに贈答金、賂《まいない》として使われるのだ。ために幕閣を務めた大身旗本《たいしんはたもと》の家の奥に眠っているような代物だった。

政次が見たのは金に困った武家方が松坂屋に持ち込み、それを担保にして当座の金子《きんす》を借りたり、換金したりしたことがあったからだ。

金子の融通は呉服屋の松坂屋の商いではないが、長年の付き合いのある得意先の頼みを無下《むげ》にも断れない。

この贈答用の慶長大判、小判の五十倍の価値があった。

「弥一、すべて品は書き留めましたか」

と政次が慶長大判を財布に納めながら、訊いた。

「はい、若親分」

「ならば、八百亀の兄さんに言って、これらの品を出した人間がだれか、調べておくれと伝えなされ」

弥一が畏《かしこ》まって隣部屋に向かったが、敷居の向こうで大きく息を吐く気配がした。初めて骸がある現場に立ち会い、弥一は緊張していたと思えた。

「小僧、なかなか目端の利いた手先になりそうだ」

寺坂が笑った。

「小夏の死因、お医師に確かめましょうか」

「大番屋に運んで検視をすることになりそうだな」

「できれば小夏をひと晩、この百川においてこの場で検視を行いたいのですがね、商売柄百川も骸を早々に運び出してほしいでしょうね」

政次は百川の立場も考え、そう寺坂に言った。

「小夏がこの場で殺されたのは間違いねえんだ。大番屋に運んで吟味《ぎんみ》方《かた》とお医師の調べを待つのがお互いのためだろうぜ」

「畏まりました」

と政次が返答したところに常丸が姿を見せた。

「若親分、今宵、百川にはこの大座敷の連中を省いて、三組の客がございました。どこも百川の常連客でしてね、身許ははっきりしています」

「若親分、まず二階座敷の連中は一塊で向こう座敷にいたんだ。この連中が殺しに関わったとは思えねえ」

政次は、もしなにか格別の動機があって全員が示し合っての殺しがないわけではないと思ったが口にしなかった。あまりにも現実とかけ離れていると思えたからだ。

「となると百川の客だがな。常丸、怪しげな奴はいそうか」

「寺坂様、離れ座敷はお武家様で信濃《しなの》上田《うえだ》藩松平伊賀守《まつだいらいがのかみ》様のご用人伊藤《いとう》万五郎《まんごろう》様とご家来衆の伊賀神三郎助《いがかみさぶろうすけ》様に吉川《きっかわ》多門《たもん》様とおっしゃるお三方にございました」

「大名家のご用人か」

寺坂は尋問の手立てを思案する表情を見せた。

「常丸、他の客のことを聞きましょうか」

「母屋の一階には二座敷ございまして、一つは箔屋町の扇子屋三松《みまつ》善右衛門《ぜんえもん》様方の番頭、佐吉《さきち》さんが客の接待にお使いで、相手の三方は身許が知れませぬ。どうやら京訛《なま》りというところから三松と関わりの深い京の扇子屋さんかと思われます。これから三松にいって事情を聞いてきます」

「分かりました、最後の一組はだれですね」

「呉服屋新道の呉服問屋の伊勢陣貴左衛門《いせじんきざえもん》様方の若旦那和一郎《わいちろう》様と朋輩二人に三人の深川芸者が酒を呑んでおられたそうにございます」

「呉服屋新道の伊勢陣か、いささか厄介な相手がいやがったな」

伊勢陣は松坂屋と同じ伊勢商人で、若旦那の和一郎はなにかと政次を目の仇《かたき》にしていた。

「和一郎にはろくな噂がない」

寺坂毅一郎が首を振った。

「伊勢陣に聞き込みにいくときは私が参ります」

政次が不愉快なことになるであろう役目を引き受けた。政次が松坂屋の手代から金座裏に入り、今売り出しの若親分として江都《こうと》に名が知れ渡ったのを和一郎が快《こころよ》く思ってないことだけはたしかだった。

寺坂が頷き、

「必要ならばおれも同道しよう」

と言った。

「ありがとうございます」

と頷いた政次は、

「常丸、小夏の骸を大番屋に運ぶ手配をしておくれ」

「綱定さんに願って猪牙舟《ちょきぶね》を出してもらっていいですか」

「彦四郎はお呼びがかかるのを待っていましょう。道浄橋の堀に猪牙を回してくれと、弥一に綱定まで走らせて下さい」

料理茶屋百川のある大横丁は日本橋川に架かる江戸橋の西北側に口を開けた鉤《かぎ》の手の堀留あたりの通称だ。道浄橋は鉤の手に曲がったところに架かる橋で、百川はすぐそばだ。

「承知しました」

と常丸が応じて姿を消し、政次は八百亀をこちらの座敷に呼んだ。

「どうですね、魚河岸とい組の兄さん方は」

「全員がお遊びの宝引きだと口を揃えておりましてね。わっしも兄い連が小夏殺しと関わりがあるとは思いませんので」

「どなたも女を手にかけるような人柄ではございますまい。だいいち全員が一塊で宝引きに夢中になっていたのですからね」

「八百亀、いの一番に京次が骸の小夏を引き当てたのはたまさかか。なにか企みがあってのことかね」

と寺坂が口を挟んだ。

「京次兄いを始め全員に訊いたのですがね、だれも女子供を無情に手に掛けるような手合いと知り合いはないと首を横に振るばかりですよ」

「八百亀、小夏たち芸者三人が呼ばれるのは前々から決まっていたことですか」

こんどは政次が質《ただ》した。

「いえ、こたびの飲み会の世話方が賑やかしに柳橋の椿屋《ちんや》から芸者を呼ぼうって、急きょ決まったことのようです。そこで若い奴を柳橋の見番に走らせたようで、運よく魚河岸やい組に顔が知れた小夏、美木松《みきまつ》、雛奴《ひなやっこ》の三人が置屋《おきや》の椿屋から駆け付けたってわけのようです」

「たまさか呼ばれた座敷で小夏が宝引きの景品を買って出て、犠牲になりましたか」

「そうとしか考えられませんので」

と八百亀が答えたところに亮吉が顔を見せ、

「小夏の抱えの置屋、椿屋の女将《おかみ》さんのお香《こう》さんと男衆が駆け付けております」

と報告した。

「どこにおりますか」

「へえ、隣で京次さん方から飛んだことで、と挨拶を受けております。もし小夏が死んだということがほんとうならば置屋に連れ戻りたいとの意向のようです」

「私が会いましょう。亮吉、小夏の骸の番をして下さい」

と願った政次が大広間に戻った。すると女将のお香と、顔を承知だが名前に覚えのない男衆が引き攣《つ》った顔で京次らと話し合っていた。

「女将さん、とんだことでしたね」

政次が声を掛けると手拭いを両眼にあてたお香が振り返り、

「金座裏の若親分、小夏が死んだって、ほんとうのことですか」

と質した。

「女将さん、嘘《うそ》なれば私もいいと思います。ですが、亡くなったのは真《まこと》の話です」

「小夏をうちに引き取ります」

ときっぱりお香が言い出した。

「女将さん、気持ちはよく分かりますが小夏の亡骸《なきがら》は大番屋に運ばれて、吟味方与力と奉行所付きのお医師のお調べを受けねばならないのです。今しばらく待ってくれませんか」

と政次が願った。

「若親分、小夏が死んだのははっきりしているんだ。なぜ置屋に骸を戻せないんだ。

おれたちが運んでいこうと話し合っていたところだ」

「兄い方、死んだのではございません、殺されたのです。死因をお医師に確かめてもらうのが奉行所の決まりです。明日の朝まで待ってくれませんか」

　と政次が願うと、

「えっ、殺されたって。それにしても殺された原因が分からねえのかえ、若親分」

「京次兄い、寺坂様と私で推測はついております。おまえさん方が見て、最初はどうして死んだか分からなかったほどの原因です。そこでお医師の調べがのちのち大事になってくるのです」

　政次の懇切丁寧な受け答えに京次らは得心した。

「やっぱりな、あの驚きの顔はふつうじゃないものな」

　と京次が呟いた。

「若親分、一目でいい。小夏に会うこともできませんので」

「女将さん、大番屋に運ぶ舟がくるまで小夏に付き添ってあげて下さい」

　政次の言葉にお香と男衆が頭を下げて、続き部屋に向かったが、

「わあっ！」

　と泣き崩れるお香の泣き声が響き渡った。

「いったいだれだえ、こんなむごいことをしたのは」

と京次が腹に溜《た》まった怒りを吐き出すように言った。

「兄さん方、うちの縄張り内で起こった殺しです。なんとしても下手人は寺坂様と金座裏がお縄にします」

政次が言い切った。その上で、

「兄さん方、こたびの一件でどんなことでもいい。訝しい、おかしいと思ったことがあったら、話してくれませんか。それが手掛かりになるかもしれない」

京次が一統を睨み回して言った。

「だれか金座裏の若親分に申し上げることはないか」

だが、だれからもなんの言葉も返ってこなかった。

政次は一同を見回した。

小夏と兄妹のように同じ長屋で育ったという清三郎と視線が合った。その表情は怒りというよりも哀《かな》しみが漂い、なぜこのような事態になったか、戸惑う様子がありありとあった。

「なにか思い出したら、なんでもいいですから金座裏を訪ねて下さい。秘密にしなきゃあならないようなことなれば、私か宗五郎に話して下さい。聞いたことはお上《かみ》の沙《さ》汰《た》に触ること以外なれば、他人に口外しないと必ず約束します」

と政次は約束し、

「兄い連、小夏の骸を見送ったあと、宝引きの景品は大番屋で預かることになります。生ものの鮪はどうしたもので」

と聞いた。

「若親分、験《げん》が悪いが魚に罪はない。い組で引き取っていいか」

と京次が一同を見回し、魚河岸の連中が頷いた。

「だれですね、古財布に慶長大判を入れて宝引きの景品にしなさったのは」

と政次が尋ねた。

「なにっ、宝引きに慶長大判が入っていたって、贋金《にせがね》じゃねえか」

「それがほんものの慶長大判なんですよ」

「おっ魂消たぜ、そんなことありか。まずわっしら火消に大判どころか小判だって縁がねえぜ」

と京次が首を捻り、小田龍の若旦那を見た。だが、荘次郎も顔の前で手を横に激しく振った。

「若親分、見立て違いじゃねえかね。慶長大判なんてそうあるもんじゃねえ。いくら金座裏ったって慶長大判がごろごろしていると思えねえ。見間違えたんだよ」

「荘次郎さん、うちの前の後藤《ごとう》家では小判なんぞがございましょうが、うちの内所は慎ましやかなものですよ。もっとも金流しの十手はございますがね」

「ありゃ、金看板だ」

「私が慶長大判を承知なのは、お店奉公していたからですよ」

「そうか、そういうことか、ならば間違いねえな。おれがお目に掛かったこともない慶長大判を宝引きに出したのはだれだえ、正直に名乗り出ねえ」

と、こんどは荘次郎が仲間を見回した。

「面目ねえ、小田龍の若旦那」

手を上げたのは幸乃浦の若い衆にして、被害者の小夏とは兄妹のように育ったという清三郎だった。

「おい、清三郎、おめえ、そんなもん、どうしたえ」

真っ先に素《す》っ頓狂《とんきょう》な声を上げたのは同じ幸乃浦で働く藤吉だ。

「ご一統さん、驚かしたようですね。わっしは最前も話したように三光新道の裏長屋で育った職人の小倅だ。うちの親父《おやじ》は大工、小夏のところは染物屋の職人と、三度三度のおまんまには事欠かないが、小判や大判に縁のない家にございましたよ」

「だろうな」

と藤吉が相槌《あいづち》を打った。

「五、六年前のことだ。親父が大名屋敷の普請《ふしん》場の事故で大怪我をして、半年ばかり寝込み、おっ死《ち》んだ。その前の晩のことだ。魚河岸に奉公に出ることが決まったおれを呼んでさ、もしなにか困ったことがあったら、道具箱を見ろって言い残したんですよ。わっしに大工を継げと言いたかったのかと思いましたがね、わっしは手仕事には向いていませんや。魚河岸の幸乃浦に世話になることにしたんです。今年の正月のことです、長屋に戻った折、不意に親父の言葉を思い出しましてね、道具箱を調べてみると、墨壺《すみつぼ》と一緒に古布で包まれた大判が出てきたじゃありませんか。わっしは親父が普請先で盗みでも働いたかと疑《うたぐ》りましたよ、だって、そんなでもしなきゃあ、大判なんて縁がありゃしませんよ。でもね、親父は真っ正直な職人だったことも疑いのねえところだ。あれこれ迷った末に、うちにあっちゃならないものならば宝引きに出して、あたった人がどう使おうと、この夜の払いに使おうと、そのときの成り行き次第と思い、親父の古財布に入れて出したんですよ」

と清三郎が告白した。

政次はしばらく清三郎の言葉を吟味していたが、

「清三郎さん、おまえさんの言葉に嘘があるとも思えない。だが、今宵奇妙なことが二つも重なって、その二つともにおまえさんが関わっていたとなると、詳しい事情を聞くことになる」

「若親分、もっともな話だ。だが、おれは大番屋にしょ引かれようと今話した以上のことは知りませんぜ」

「だれも大番屋に清三郎さんを引っ張っていこうなんて言ってませんよ。明日にでも金座裏に顔を出してくれませんか。同じ縄張り内の人間同士、腹を割って話そうというだけですよ」

「それでいいのかえ、若親分」

と朋輩の藤吉が念を押した。

「藤吉さん、清三郎さんがなにも悪いことをしていないのは、この政次が承知です」

と言い切った政次が、

「寺坂様、それでようございますね」

と北町奉行所定廻り同心寺坂毅一郎に許しを乞《こ》い、

「おりゃ、若親分の決めたことに異論はねえぜ」

と応じていた。

第二話　宝引きの景品

一

金座裏《きんざうら》の居間に、弥一《やいち》が百川《ももかわ》で書き留めた宴の参加者の名と、品々の提出者の名が大きな紙に書き出され、宗五郎《そうごろう》の前に広げられてあった。曰《いわ》く、

魚河岸《うおがし》組
小田《おだ》龍《たつ》若旦那　荘次郎《そうじろう》　春物絹羽織（新品）
小田龍若い衆　太造　竹製負い籠《かご》（新品）
幸乃浦《さちのうら》　藤吉《とうきち》　男物雪駄《せった》女物草履《ぞうり》（新品）
幸乃浦　清三郎《しんざぶろう》　慶長大判
房州屋《ぼうしゅうや》若主人　弦太郎　美人画　枕屏風《まくらびょうぶ》（鳥居清長）
乾物《かんぶつ》問屋伊勢《いせ》半《はん》主人　種三郎　桑材の煙草《タバコ》盆（木村唐斎）
中野儀助若主人　浩太郎　鮪《まぐろ》一匹

鰹節《かつおぶし》問屋若主人　一太郎　鼈甲櫛笄《べっこうくしこうがい》組

火消い組　京次《きょうじ》　煙草入れ

小頭《こがしら》　仁助《にすけ》　浮世絵美人図五枚組（無款《むかん》）

纏持《まといも》ち　寅吉　ちびた座敷箒《ぼうき》

梯子《はしご》持ち　八兵衛　石臼《いしうす》と杵《きね》

幾次郎　長火鉢（古物）

源八　奈良うちわ

伴五郎　万金丹《まんきんたん》五百粒入り

辰次　江戸切子《きりこ》のぐい飲み

とあった。

「京次が最初に引いて小夏《こなつ》の骸《むくろ》を引き当てて、騒ぎが始まった。それにしても魚河岸の連中は慶長大判を筆頭に煙草盆、櫛笄、鮪一匹と大したものばかりだ」

と宗五郎が笑った。

「まあ、二階大座敷に宝引きしていたこの面々が顔を揃《そろ》えていたんだ。小夏殺しにこのだれかが関わっているとしたら、仲間を雇ってのことしか考えられない。また芸者三人は思い付きで呼ばれたというし、小夏ら三人はたまたまこの座敷に呼ばれてきたとなれば、いよいよこの連中が関わったとは考えられめえ」

と大番屋からいったん引き揚げてきた政次《せいじ》らから小夏殺しの経緯を聞いた宗五郎が言ったものだ。そして、

「慶長大判を豪儀にも宝引きに出した清三郎は小夏と知り合いというし、なんぞ怪しいか」

と聞いた。

「親分、わっしは二人ともによく知った仲だ。だがな、清三郎が小夏をだれかに頼んで殺したとは思えないし、慶長大判だって清三郎があの場で説明したことに嘘があるとも思えないんだがね」

と八百亀《やおかめ》が宗五郎の問いに応《こた》えていた。

宗五郎が頷《うなず》き、政次を見た。

「私も八百亀の兄さんと同じ考えにございます。清三郎はこたびの一件には関わりがあるとは思えません。ですが、慶長大判の出処《でどころ》は一応調べたほうがようございましょう。死んだ父親が普請場で怪我《けが》を負ったのが武家屋敷とか、その辺から調べていくの

がよろしかろうと思います。ただし、まずは小夏殺しの下手人を突き止めるのが先決かと」

「手順はそれでよい。さて、宝引きの連中の他に百川にいた客だが、上田藩の松平家家中《かちゅう》の用人の伊藤《いとう》様か。まあ、関わりがあるとも思えないがね」

宗五郎は伊藤を知っている口ぶりだった。

「百川の女将《おかみ》がいうには伊藤万五郎《まんごろう》用人は込み入った用談で、三人して中座したものはないそうです。担当の女衆の証言も女将の言葉を裏付けるものでした」

と常丸《つねまる》が宗五郎に言い、

「箔屋の番頭さんの座敷はどうだえ」

「こちらも仕入れ先の京の扇子問屋の番頭らを接待しておりまして、小夏と関わりがあるとも思えません。三組目の伊勢《いせ》陣貴左衛門《じんきざえもん》の若旦那和一郎《わいちろう》と遊び仲間の三人は深川芸者相手に花札をしていたそうで、昼過ぎからいたそうですから、厠《かわや》なんぞにいく出入りはあったと思われます」

と常丸が報告し、

「刻限が刻限なので、この三組の客は明日一番で聞き込みにいく手筈《てはず》でございます」

と政次が宗五郎に答えたとき、稲荷《いなり》の正太《しょうた》と亮吉《りょうきち》が戻ってきた。

「ご苦労だったな、うちの宝引きが宝引きを呼んで、えらい騒ぎを引き起こしちまった。こりゃ、亮吉の企みか」

「親分、うちのお遊びの宝引きが魚河岸連やい組のお兄《あに》いさんの豪儀な宝引きと関わりがあるものか。あっちは慶長大判だぜ。うちの景品と大違いだ」

「宝引きなんて、値が張るほどかような騒ぎを引き起こす。とはいえ、魚河岸の連中もい組の面々も気の毒に、とんだことになったようだな」

　と宗五郎が亮吉に応じて、

「小夏の抱えだった女将のお香《こう》さんといっしょに置屋に向かい、美木松《みきまつ》と雛奴《ひなやっこ》に会いましたがね、二人して小夏が死んだことに動揺して、まともに口も利けない有様でさあ。ともかく百川に呼ばれていき、宝引きに小夏が自ら望んで景品になったのも、座を盛り上げるためだったそうです。その小夏が殺されたなんて信じられない、と言うばかりだ。なんぞ思い出すことがあっても、しばらく時間がかかりそうだ」

　と稲荷の正太が言った。

「よし、おめえらはもう休め。すべては明日からだ」

　と宗五郎が言い、座敷に政次と八百亀が残った。

「松の内は長閑《のどか》で結構なお日和《ひより》と思っていたが、とんだ騒ぎが持ち上がったな。小夏はいくつだって」

「十九歳になったばかりですぜ。ですが小顔で愛らしく、二つくらいは若く見えましょう」

「清三郎と深い仲ではないんだな、八百亀」

と宗五郎が念を押した。

「清三郎がわっしらに申し述べたように、家族同然の兄と妹に近い付き合いでしたよ。まず情に絡んで清三郎がなにかしたとは思えませんや」

八百亀の言葉に政次も頷いた。

「百川の奉公人で小夏と関わりがあった奴はいねえか」

「たしかに、客になんどか小夏たちは呼ばれて百川に出入りはしていましたがね、女将も番頭も芸者に手を出すような奉公人はいませんと、きっぱりとした口調なんです」

「となると魚河岸とい組の連中に嫌な思いをさせようと企んだ下手人が偶然にも殺しの相手に選んだのが小夏だったということか」

「さあて、どうかね」

と八百亀が首を捻《ひね》り、

「ともかく若い娘をなぜむごい目に遭わせたか、許せるもんじゃねえ。ともかくだ、あんな殺し方ができるのは素人《しろうと》じゃねえぜ、親分。そう思いませんか」

「度胸や憎しみだけであんな殺し方ができるもんじゃねえ。まさか殺しが楽しみなんて奴の仕業《しわざ》じゃあるめえな」

「どういうことだ、親分」

「世の中には殺しの瞬間がどうにもたまらねえという野郎がいるんだよ。そんな野郎が一度味をしめると、また同じ手口で繰り返す」

「ということは行きあたりばったり百川の二階座敷まで入ってきて、小夏を殺したと親分は言いなさるか。たしかに物盗《ものと》りでないことだけは間違いないよな。金目のものが座敷じゅうに転がっていたのを何一つ盗んでない」

八百亀の返答に宗五郎が遠くを眺めるような眼差《まなざ》しをして話し出した。

「安永《あんえい》の始めごろかね、おれはまだ親父の下で修業中の身だった。そんな折に十一、二の娘ばかりが次々に姿を消して、そのうち柳原土手の叢《くさむら》やら、無住の寺の境内《けいだい》で見つかった。どれも絞殺したあとに幼い体を凌辱《りょうじょく》した上で、着ていた衣服を持ち去っていた」

「あった」

と八百亀が小さな声で呟《つぶや》いた。

「下手人を捕まえてみると麴町《こうじまち》の大店《おおだな》の若旦那だったな」

「ああ、八百亀、その一件だ。墨筆硯《すずり》問屋の名倉屋《なぐらや》の若旦那の俊太郎《しゅんたろう》は、幼い娘にしか感じなかったようで、それも殺した後に犯していた。俊太郎は金に困ってない。欲望を満たしたければ吉原で毎晩逗留《とうりゅう》したって、なんとかなったろう。だが、あいつは幼い娘を殺したあとでなければ感じなかったんだ。もうこうなれば病としかいいようがない」

「たしか小塚原《こづかっぱら》で打ち首になったんじゃなかったか」

「名倉屋はお取り潰《つぶ》しになって、家族奉公人まで不幸に追いやった。おれが言いたいのは、世の中にはこんな人間もいるということだ。こたびのことでなにか確証があるということじゃあない。百川の二階には階段が一つだけか」

「いえ、玄関脇からの大階段と調理場に通じる裏階段の二つ、階段ではございませんが、別棟《べつむね》との間に物干し場があるので、そちらにも出られますし、屋根に飛び下りれば百川の外に出られます」

と政次が答えた。

「まあ、料理茶屋の二階での殺しだ。たまさか百川に入り込んだ下手人が小夏の口を塞《ふさ》ぎ、盆の窪《くぼ》を一息に突き刺したというより、百川にいた人間が行ったというがまず考えられるところだがね」

　宗五郎の言葉に政次が懐から手拭《てぬぐ》いを出して、下手人が手拭いで小夏の口を塞いだときに小夏が嚙《か》み切ったものと思われる布切れを親分に見せて、説明した。

「ほう、こんなものを下手人は残していたか。使い込んだ手拭いだな、なんだか、微《かす》かに香のような匂いがする」

　宗五郎がくんくんと長さ二寸（約六センチ）、幅五分《ぶ》ほどの切れ端を嗅《か》いだ。さらに行灯《あんどん》の灯《あか》りで仔細に調べて、

「手拭い屋の屋号かね、わずかに角印の囲いの一部が見える。なんとかその中に〝屋〟の字の下の〝土〟が判別できるぜ。浴衣《ゆかた》や手拭いの染物屋をあたると見当がつこう」

「明日にもあたってみますが、手拭いとなると何百本も染めておりましょうから、こいつの持ち主を特定できるかどうか」

「無駄でもやるのがこちらの商売だ。そいつは政次に任せよう」

　と下手人のただ一つの遺留物を政次に戻した。

「親分、下手人が小夏の知り合いかどうか、殺しの動機が明日からの調べでわかろう

というもんだ。わっしは箔屋町の扇子屋に一番で聞き込みに行ってきますぜ」

と八百亀が言い、

「私は伊勢陣から上田藩の松平様のお屋敷を寺坂様《てらさか》と訪ねます」

「なに、寺坂様が同道なさるか。伊勢陣の和一郎は松坂屋《まつざかや》を目の仇《かたき》にしているという し、寺坂様が気を利かされたか。おれの出番はなしかえ」

「親分、もう少し調べが進むまで菊小僧《きくこぞう》の蚤《のみ》とりなんぞをしていなせえ」

「おや、八百亀に言われるようになっちゃ、おれもお仕舞だな」

と宗五郎が笑って、その夜は終わった。


翌朝のことだ。

八百亀を始め、通いの手先たちも二階の大広間に床《とこ》を並べて寝て、いつものように家の内外の掃除を終えた時分に清三郎が姿を見せた。

報告を受けた宗五郎と政次、それに八百亀が座敷で清三郎に会った。他の連中は台所で朝餉《あさげ》を食し、話が終わるのを待つことになった。

「清三郎さん、昨夜は眠れましたか」

政次が清三郎を気遣い、そこへしほが茶を運んできて清三郎に会釈しただけで台所へと引っ込んだ。

この界隈《かいわい》の人間だ、しほも清三郎も顔見知りだし、ときに鎌倉河岸《かまくらがし》の豊島屋《としまや》に清三郎も仲間といっしょに顔を出すことがあった。

だが、事情が事情だ。しほは、清三郎に声が掛けられなかった。

「若親分、眠れるもんじゃありませんよ。あのあと、三光新道《さんこうじんみち》の長屋に戻ったんだがね、すでに置屋からお夏《なつ》のところに連絡が入っていてさ、長屋じゅうが大騒ぎの愁嘆《しゅうたん》場《ば》だ。そこへおれが戻ったものだから、皆におれがいながらどうしてお夏を助けられなかったと非難ごうごうだ。おりゃ、居たたまれなくて眠るなんて到底できなかったよ」

と答えた清三郎が、

「お夏の亡骸《なきがら》はいつ親元に戻りますね」

と問い返した。

小夏の本名は夏というのか。清三郎の中ではもはや芸者小夏ではなく、妹分の夏だった。

「今朝、検視が済み次第、長屋に連れ戻すように手配するぜ、清三郎さん」

と八百亀が答え、

「なんぞ思い出したことはねえかえ」

と話を進めた。

「それだ、昨晩は動転して思い出せなかったがね、三日ほど前、お夏が長屋にちらりと姿を見せたとき、木戸口ですれ違ったんだ。そんときのことだ……」

「兄《あに》さん、近々ちょいと時間を作ってくれない、相談事があるの」

「夏ちゃん、なんだい改まって」

「ううーん、ちょっとしたこと」

「もったいぶらないで言えばいいじゃないか」

お夏はしばし思案した上で、

「はっきりとしたことじゃないのよ。私、だれかに見張られているみたいなの。昼間じゃないのよ、座敷に呼ばれた行き帰りなんだけどね」

「相手が分からないのか」

お夏が首を振った。

「おめえは愛らしいからさ、だれか一目ぼれして付け回しているんじゃないか」

「そんなことじゃないと思う。なんとなく背筋がぞくりとするように薄気味悪いの」

「おれが見張ってやろうか」

ほんと、と言い返したお夏がまた沈黙して考え込み、

「兄さん、勘違いかもしれないから、もう少しはっきりしてからお願いするわ」

と願い、二人は長屋の木戸口で別れた。


「……金座裏の親分方、話はそれだけなんだ」

「見張られているだと、お夏の勘が運悪くあたったかね」

と八百亀が呟いた。

政次と八百亀の頭に昨夜の宗五郎の言葉が去来した。世の中には快楽で殺しを行う人間や、殺した娘でないと快感を覚えない輩《やから》がいるということをだ。

「わっしもお夏のいうことを深刻に案じたわけじゃなかった。若いし、愛らしいや、そんなお夏が芸者になったんだ。ふつうの娘より男衆に目を付けられ、じろじろと見られることもあるだろうと思ってね、そんとき、どうしてもう少し突っ込んで話を聞かなかったかと悔やんでいるんだ」

清三郎の後悔だった。

宗五郎らはこの話を聞いて、お夏殺しの真相を突き止めるまでには日にちがかかる

のではないかと覚悟した。

宗五郎が話柄《わへい》をもとに戻した。

「お夏は仕事の行き帰りに見張られているような気がすると言ったんだな」

「親分、いかにもそうだ。お夏はひょっとしたら思い当たる相手がいたんじゃないかと思うんだ。なんとなく今思うことだがね」

宗五郎が煙管《キセル》を弄《もてあそ》びながら思案した。

長い沈黙の時が流れた。

「よし、お夏の身辺を探ってみようか、置屋界隈で聞き込みをしねえ。万事こっちに任せねえ、清三郎さん」

と宗五郎が政次らに命じ、清三郎が二つ目の話を始めた。

「六年前、親父の伊作《いさく》が普請場で大怪我を負ったのは、御成《おなり》新道の御側衆《おそば》青木《あおき》左衛門《さえもんの》丞《じょう》様の屋敷でしたよ。たしか禄高《ろくだか》は四千七百石とか聞いております。もっとも親父がその屋敷から慶長大判をくすねたかもしれないという話となにも結び付けられるわけじゃございません。だって、仕事先で親父がそんな不始末を働いたのならば、屋敷だって大騒ぎしようじゃありませんか。出入りしていた職人はすべて調べられたはずだ。そんな話は聞いたこともない。だいいちおれは親父が盗みなんてする人間じゃねえことをとくと知っている。だけど大工風情の親父が慶長大判なんてものを隠し持っていたのもたしかなことだ。だからこんな話をする羽目になっちまった」

「清三郎さん、怪我の原因はなんだえ」

「離れ屋の普請でさ、棟に上がって仕事をしていた親父が立ち上がった途端、突風に煽《あお》られて下に落ち、腰と頭を打つ大怪我をしたんだと」

「親父の棟梁《とうりょう》はだれだえ」

「向柳原《むこうやなぎわら》の棟梁左《さ》兵次《へいじ》って名人だ」

「左兵次名人が親父様の棟梁だったか、さぞ親父も腕の立つ大工だったろうな」

と応じた宗五郎が、

「青木家から怪我した親父になんぞ挨拶《あいさつ》はあったか」

「お袋に聞くとね、怪我をして一月《ひとつき》も過ぎたころ、お屋敷のご用人様が長屋に姿を見せて、なにがしか見舞い金を置いていったそうだ。お袋はさ、普請場で怪我したのは親父の不注意、それを見舞いまでくる屋敷はないとしきりに感心していたがね」

「ほう、見舞い金をね」

「丁寧な挨拶で、お袋も青木の殿様は親切だ、と感心していたぜ。だから、最前の話はおれの推測だ」

と清三郎が答えていた。

「よし、親父様の道具箱に慶長大判が入っていた謎《なぞ》は、この隠居の宗五郎が解き明かそうか」

「えっ、親分は隠居したのか。政次さんに金流しの十手《じって》を譲ったのか」

胸の中のもやもやを吐きだした清三郎が問い返した。

「九代目はさ、近頃隠居ごっこに凝っているのさ。若親分のところに子が生まれるんでな、今からその仕度よ。なあに本気じゃねえよ。安心しな、清三郎さんよ」

と八百亀が言い、おみつが姿を見せて、

「朝餉の膳をこっちに四つ運んでいいかえ」

と聞いた。

「おれ、朝餉の邪魔をしたのか。そいつはすまねえ、おかみさん」

「清三郎さんもいっしょに食べておいでよ。どうせ長屋じゃあ、おまんまなんて食べられる状態じゃないだろ」

おみつの声にしほら女衆が膳を運んできた。

二

政次が八丁堀に寺坂毅一郎《きいちろう》を迎えに行き、八百亀ら昨夜金座裏に泊まった手先たちや下っ引きの髪結いの新三《しんざ》までがお夏殺しの探索や情報を求めてそれぞれの持ち場に出かけると、金座裏の大きな家にがらんとした空気が漂った。

今日は奉公人にとって待ちに待った藪入《やぶい》りの初日だ。奉公し立ての小僧などは一睡もできずに朝を迎えていたろう。

金座裏では藪入りが終わったあと、男衆も女衆も交代で休みをとるのが習わしだ。むろん昨夜のような騒ぎが起きると、それが解決するまで休みはない、因果な務めだった。

金座裏がひと段落したあと、九代目宗五郎は袱紗《ふくさ》に包んだ短十手を懐に忍ばせ、菊小僧としほに見送られて玄関を出た。

近頃、宗五郎は金流しの長十手を腰に帯びることはない。身分を示す短十手を携帯することが多い。

（近々、政次に金流しを譲り渡すか）

それならば政次としほに子供が生まれた辺りが頃合いか。そんなことを思案しつつ表に出ると、藪入りのざわめきが宗五郎の耳にも伝わってきた。

宗五郎は本石町《ほんごく》に出ると四丁目と鉄砲町の辻《つじ》へと向かった。すると真新しいお仕着せを着せられた手代や小僧が主《あるじ》からの土産《みやげ》物を風呂敷に包んで、下げたり背負ったりしながら実家へと急いでいる姿が見られた。新しい下駄の音が通りにからころと響いて、小僧の急《せ》く気持ちを表しているようだった。

辻を右に曲がれば小夏が殺された料理茶屋百川の前に出る。

今日は百川も商いどころではあるまいと思いながら、左へと曲がった。一丁（約一〇九メートル）ばかり西北に進むと龍閑《りゅうかん》川に架かる地蔵橋に出た。

すでに日は三竿《さんかん》に上がり、川面《かわも》を春の陽射《ひざ》しが照らし付けて、地蔵橋の上にはどこのお店《たな》の小僧か、一人佇《たたず》んでいた。

「小僧さん、長屋の帰り道を忘れたかえ」

と宗五郎が声をかけると小僧が振り返り、

「違います、兄さんとこの橋で待ち合わせておっ母さんのところに戻るんです」

「そうか、兄さんと奉公先が違ったか。気をつけて帰りな」

宗五郎がいうところに下駄の音が響いて、もう一人小僧が姿を見せた。弟より二つほど年上か。

「兄ちゃん、遅いよ」

「おまえが早過ぎるんだよ」

「おや、十軒店《じっけんだな》の炭屋の小僧さんが兄さんかえ」

「金座裏の親分さん、藪入りの見回りにございますか、ご苦労にございます」

と顔見知りの小僧が大人びた挨拶をした。

「おお、お早うさん。弟と連れだっておっ母さんが待つ長屋に戻るんだってな、気をつけていきな」

「親分、有難う」

兄さんが初めての藪入りと思える弟と肩を並べて、神田川の方角に急ぎ足で向かった。

宗五郎はそのあとを追うように紺屋町を横切り、元請願寺前の鉤《かぎ》の手を右にとり、お玉ケ池跡を抜けて、ひたすら東へと下った。

いつしか兄弟の姿は見当たらなくなっていた。

常陸谷田部藩《ひたちやたべ》細川家の上屋敷を東から北へと塀に沿っていくと柳原土手に出た。

高床商いの古着屋が商いの仕度を始めている中を新《あたら》シ橋で神田川の左岸へと渡った。

この付近の住人は右岸の柳原と区別して、

「向柳原」

と呼んだ。むろん里名だ。この向柳原を少しばかり上がったところに、

「藤堂《とうどう》揚げ場」

と称される荷揚げ場があった。

この近くにある伊勢津《つ》藩藤堂家が上屋敷を構えたとき、材木を揚げた場所が里名の由来になったものか。

宗五郎が藤堂揚げ場前に門を構える御医師千賀家と神田佐久間町三丁目の間を曲がると大工の棟梁、代々江戸大工の名人と謳《うた》われた左兵次の家の路地口があった。間口《まぐち》一間半の旗竿のような路地を入ると、左兵次の一軒家が見えた。金座裏と同じような格子戸はぴかぴかに磨かれて、手入れが行き届いていた。

今しも住込みの大工三人を見送りに左兵次の女房のおすみが出てきた。

「おや、金座裏の親分さん、藪入りに御用ですか」

「おすみさん、いやさ、棟梁と昔話をしたくてな、通りかかったので立ち寄ったが、お邪魔かねえ」

「縁側で盆栽をいじくってますよ。なあに大した盆栽じゃございません、年の瀬に買った鉢植えの小松と梅と竹を植えただけのものですよ」

とおすみが笑い、藪入りの住込み弟子に視線を移した。

「いいかえ、どんなことがあっても、この足でいったんは長屋に顔を見せるのですよ。そのあと、吉原に繰り込もうと奥山で騙《だま》されようと、こっちの知ったこっちゃないがね」

と見習い大工の三人に声をかけると兄貴株が、

「おかみさん、ちゃんとこいつらをあしたの夕刻までには連れ帰ります」

「へえだ。いちばん危ないのは恒《つね》、おまえだよ。酒を呑《の》むのもいいが、限度を心得な」

とおすみが送り出し、

「藪入りが楽しみだったのは、いつのことでしたかね」

と宗五郎に笑いかけた。

「さあてな、うちもこちらの棟梁も、藪入りたって帰るさきがないや。おれが餓鬼の頃は先々代の爺《じい》様も矍鑠《かくしゃく》としていたし、御用柄藪入りは御用聞きの書き入れ時だ。ちっとも楽しい記憶がないがね」

と宗五郎が笑った。

「さあ、お入りなさいな、親分さん」

おすみの案内で掃除の行き届いた前庭から玄関に通り、

「おまえさん、金座裏の親分さんが昔話に見えましたよ」

と奥に知らせた。

「金座裏の宗五郎さんだって、どんな風の吹き回しだね」

と渋くも低い声が応じて、

「棟梁、そちらに上がらせてもらいますよ」

と宗五郎が断り、雪駄を脱いで勝手知ったる左兵次の玄関座敷から廊下を回って縁側に出た。

「昔仲間を回って歩くなんて、宗五郎親分、藪入りに隠居の稽古《けいこ》かえ」

白髪《しらが》が増えた左兵次が若い時分の遊び仲間を笑顔で迎えた。

縁側に畳表《たたみおもて》が敷かれ、確かに縁日で売っているような松竹梅の鉢植えの手入れを名人左兵次がしていた。

「金座裏に倅《せがれ》と嫁が一度にできたって聞いたがね、祝いも行かねえですまねえ」

「そんなことはどうでもいいよ。秋にはおれは爺様だ」

「あら、豊島屋に勤めていたしほさんはおめでた」

座布団を日が当たる縁側に持ってきたおすみが聞いた。

「そんなわけだ、おすみさん」

「よかったな、金座裏は幕府開闢《かいびゃく》以来の家光様お許しの十手持ちだ。そいつがおまえさんの代で幕引きか、と心配させられたぜ。若親分は目端の利いた腕利きというし、万々歳だ」

「松坂屋の心意気で譲ってくれた政次だが、なんとかものになりそうだ」

「なんとかどころじゃあるまい。読売《よみうり》じゃ政次若親分なしには夜も日も明けないほど書き立てるぜ。おまえさんが隠居の真似事《まねごと》を始めたって致し方ないやね。釣りかえ、囲碁かえ」

　と笑った左兵次が、

「とはいえ、九代目がおれのところに昔話をしにきたって。そんな馬鹿なこともあるめえ。御用はなんだ」

　左兵次が宗五郎の顔を見た。

「棟梁、六年前に亡くなった、こちらの大工伊作さんのことだ」

「大怪我をして亡くなった伊作のことだって。またあの世から伊作を引き戻して、世間を引っ掻《か》き回そうと言うのかえ」

「そんな話じゃないと思うがね」

「伊作になにがあったかしらないが、昔の遊び仲間に洗いざらい話さないかえ。藪入りだ、時間は明日まである。事と次第では付き合うぜ」

左兵次が真剣な顔で宗五郎を見た。

「棟梁、最初からその気できた」

と前置きした宗五郎は昨夜の騒ぎを告げた。

茶菓を運んできたおすみも途中から話の聞き手に回った。

「なんと百川でそんな騒ぎがあったかえ」

「世の中で宝引きが流行《はや》っていると聞いたが、柳橋芸者が景品になり、殺されたなんて、魚河岸の連中もい組の面々もさぞ驚いたことだろうね。そうだったそうだった。伊作の倅は、魚河岸に勤めたんだったね、おまえさん」

おすみが左兵次に確かめた。

「金座裏の、まさか伊作の倅の清三郎が殺しに関わっているなんて話じゃないよな」

「ここからが本論だ」

宗五郎は古財布に入っていた慶長大判の話をした。

「なんだって、宝引きに慶長大判だって、わっしら町方のものに大判なんて縁があるものか。それを伊作が道具箱に隠していたって、奇妙な話があったものだな」

「だからこうして話を聞きにきたのさ」

「倅がいうように伊作は他人様《ひと》のものを盗むような人間じゃねえ。だいいちそんな手癖の悪い奴なれば奉公のし立てにぼろを出す。おれの親父がお払い箱にしたはずだ。伊作はうちの番頭格としてまっとうに働いてきた、それだけは間違いない」

「倅の清三郎も死んだ親父が悪いことをして慶長大判を手に入れたとは思ってない。だが、家にあるのも気味が悪いてんで宝引きの景品にしたんだ」

「そんなことしないでさ、神田明神の賽銭《さいせん》箱に投げ込めばことが済んだのにさ。あちら様でなんとか都合を付けてくれたよ」

「違いねえ、おすみさん。清三郎が宝引きに出してくれたからこそ、昔馴染《なじ》みを訪ねて、おれがこうして話しをする羽目になったというわけだ」

「驚いたね。墨壺と一緒に古布に包《くる》まって慶長大判が隠されていたんだな」

「そういうことだ」

左兵次が煙草盆を引き寄せ、思案した。だが、煙管に刻みをつける気配はなかった。

「棟梁、伊作が大怪我を負ったのは御成新道の青木左衛門丞様のお屋敷だってな」

「倅は覚えていたか」

「棟梁、伊作が大怪我を負ったあと、青木様のご用人がわざわざ伊作の長屋に見舞いにきたというのを承知かえ」

「なんだって、青木様のご用人が伊作を見舞ったたって。おすみ、承知か」

「いえ、私も知らないよ」

とおすみも顔を横に振った。

「うちはたしかに代々御成新道の青木様にはお出入りを許されている。親父も爺様も曾《ひい》爺様も青木家に出入りして、どんな小さな修繕でもうちしか出入りを許されてなかったんだ。だがな、六年前の一件は、伊作の不注意だ。ご用人が見舞いにいく話じゃない。だいいち、見舞いなら見舞いでうちにきて、伊作の長屋を聞くはずだ。それがいきなり伊作の家だって、ちょいと釈然としねえな。おかしな話だぜ」

左兵次の表情が険《けわ》しくなった。

「棟梁、伊作さんは離れ屋の普請をしていて、棟から落ちたんだったな」

「離れ屋がだいぶ傷んでいたんで、土台からやり直そうってんで一年半がかりの普請だったよ。伊作が大怪我を負った日は強い風が吹いたんで、うちでは作業を止めたんだ。ところが伊作は通いの弟子、番頭格だけにおよそすべての作業は自分の裁量に任されていた」

「するとその日、伊作は一人だけ屋敷の普請場に行き、棟に上がって事故に遭ったということか」

「おれは全く伊作が普請場にいるなんて知らなかったんだ。屋敷から使いをもらって知ったくらいでね。今でもそのことは棟梁として悔いが残る話さ」

「六年前の春、そんなひどい風が吹いたかねえ」

「いや、寒い一日でね、突風が吹くと思ったら、ぴたりと止まるという風でね。伊作がこれならば大丈夫と判断したのは不思議ではないんだ」

「すると伊作の転落事故を見た者はいないわけだな、棟梁も朋輩も知らないわけだな」

「だれ一人知るものか。だって、伊作が一人で棟に上がって仕事していたなんて、考えもしなかったんだよ」

「そんなことがそれまでもあったかえ」

「伊作は確かに青木様のお屋敷では何十年来の出入りの大工、小さな修繕などはおれの代わりにすべて伊作がこなしてきたし、それだけ信頼されていたこともたしかなことだ」

　しばし座に沈黙があった。

「棟梁、青木家と、こたび倅が宝引きに景品として出した慶長大判が関わりがあるという証《あかし》はなにもないんだ。伊作が他に出入りしていた、慶長大判を入手するような屋敷やお店に心当たりはないかえ」

左兵次が腕組みして考え込んだ。

「六年前に伊作は死んだ。そしてそれ以前、どこまで遡《さかのぼ》ればいいのか分からないが、おれが思い当たる得意先はないな。まず青木様のご用人にあたるのが手っ取り早いと思うがね」

と左兵次が剪定《せんてい》ばさみを片付け始めた。

「棟梁、おれの隠居仕事に付き合ってくれるかえ」

「金座裏の金看板があればどこの武家屋敷だろうが、大手を振って訪ねることができよう。だが、こんどの一件はうちにも関わりがあることだ、年寄り二人で御成新道に出かけてみるか」

と左兵次が立ち上がった。

そのとき、政次は呉服屋新道の伊勢陣貴左衛門方の店前に立っていた。

「おや、どんな風の吹き回しだ。金座裏の若親分がさ、呉服屋の店頭に立つなんてよ。金座裏をしくじったてんで、この伊勢陣に奉公を願おうという魂胆か。そいつはお断りだぜ。うちとおめえさんが奉公していた松坂屋とは商売仇だ、うちの内情があっさりと松坂屋に洩《も》れないとも限らないからね」

　と若旦那の和一郎が政次にさっそく嫌味をいい、番頭が、

「若旦那、ちょいと言葉が過ぎますよ。政次さんは今や金座裏の若親分、十代目の跡継ぎですよ。うちに奉公替えなんてあるものですか」

　と注意し、

「若親分、よういらっしゃいました」

　と招き入れる様子を見せた。

「金座裏の若親分かどうか知らないが、ここんところ読売なんぞに書かれて図に乗ってないかえ。番頭、おまえが相手しな」

　と和一郎が奥へ引っ込もうとした。そこへ寺坂毅一郎が姿を見せて、

「用事たあ、金座裏の若親分のことじゃねえよ。おまえに御用があって、こうして北町奉行所定廻り同心と若親分が雁首《がんくび》そろえて来たんだ、付き合いねえな」

　と伝法《でんぽう》な巻舌で述べ立てた。

「なんですって、私に北町が用事ですって。私には町方に問われるようなことは、なにもございませんがね」

「昨夜の一件だ」

「昨夜だって、一歩もうちを出ていませんよ」

「ほう、そうかえ。大横丁の料理茶屋百川でおめえと朋輩二人に深川の羽織が三人、花札賭博《とばく》に夢中になっていたんじゃないかえ」

寺坂毅一郎にずばりと言われて、和一郎の顔が真っ青になり、

「百川め、客の名を洩らすなんて商売人にあるまじき振る舞いだぜ」

と思わず呟いた。

「大番屋に来てもらおうか、和一郎」

「なんでですね、寺坂様」

急に口調が弱々しくなった。

「博奕《ばくち》常習はお上の触れに触れるんだよ、お店から縄付きを出したとなれば、いくら伊勢陣とはいえ、屋台骨を揺るがしかねないぜ」

「そんな、ただ手慰《てなぐさ》みをしただけですよ」

「和一郎、百川も悪い。昨夜、二階座敷で人一人が死んだのを分かっていて、他の座敷の客に引き上げてもらった。おまえはそれで白《しら》を切り通すつもりだったようだが、死んだ者は殺されたんだ。そう簡単な話じゃねえんだよ」

と寺坂毅一郎が言った。

和一郎ががたがたと震えだした。

番頭以下、思わぬ展開に奉公人も客も茫然《ぼうぜん》としていた。

「和一郎さん、私どもは話を聞きたいだけなんです。寺坂の旦那が仰《おつしや》るように大番屋か北町奉行所で話を聞かせてもらえますか。それともこちらで私どもに付き合ってもらえますか」

政次の静かな声音《こわね》に重なって、

「番頭さん、寺坂様と金座裏の若親分を奥へお通しなされ。それにうちの馬鹿も連れてくるのです」

と伊勢陣の当代の貴左衛門の声がして、寺坂と政次は店の端に草履《ぞうり》を脱ぎながらも和一郎の動きから目を離さなかった。

三

八百亀はこの日、清三郎と手先の伝次《でんじ》らを連れて、まず三光新道の木綿《もめん》問屋の奈良《なら》屋《や》の家作《かさく》の長屋を訪ねた。この長屋は清三郎とお夏が生まれ育ったところであり、二つの家族は今も住んでいた。

お夏の長屋には、人の出入りがあって落ち着きがない様子が木戸口からすぐに見てとれた。

「おお、清三郎、金座裏の親分は、お夏ちゃんの亡骸をいつ戻すと言ったか」

長屋の住人と思える男が清三郎に聞き、後ろから従う八百亀らを見た。

清三郎は金座裏にお夏の亡骸を少しでも早く戻すように掛け合いにいくと長屋を出てきたようだった。

「なんだ、八百亀の兄いといっしょか。ということはあとからよ、お夏ちゃんは戻ってくるんだな」

「要次《ようじ》さん、四つ（午前十時頃）過ぎにならないと吟味方与力とお医師の検視が受けられないのだと。だからさ、その時分になったらおれが八百亀の兄いに従い、引き取りにいくよ。もう少し待ってくんな」

清三郎が要次と呼ばれた男に諭《さと》すように言い、

「おりゃ、おかんさんを見てられねえんだよ。八百亀さんよ、下手人はまだ捕まえられねえのか」

「昨日の今日だ。もうしばらく辛抱してくれよ」

と願った八百亀は長屋の井戸端で一塊になって屯《たむろ》する男女に、

「ご免なさいよ」

と声をかけながら通った。

お夏の長屋はいちばん奥の端で二階家だった。

お夏の親父の久吉《きゅうきち》が腕のいい染物職人で、浴衣や手拭いの染では知られた染物屋の柏《かしわ》やに勤めていることを八百亀は承知していた。

ために九尺二間の長屋ではなく、一階に竈《かまど》が二つ置かれた広い板の間、縁側のある六畳、二階に二部屋あることも承知していた。長屋住まいとはいえ裕福な内所が想像された。

八百亀は伝次を呼んで耳打ちし、お夏の長屋の敷居を跨《また》いだ。

「久吉さん、とんだことになったな」

土間に入った八百亀は悄然《しょうぜん》として悲しみのやり場のない様子の父親久吉に声をかけた。おかみさんのおかんの姿は見当たらない。その代わりお夏の末の妹のお冬《ふゆ》が親父に寄り添っていた。

この界隈で久吉の娘の三人姉妹は、

「三光新道の三人小町」

として名が知られていた。

「八百亀、だれがむごいことをやったんだ」

「すまねえ、まだ探索の緒《ちょ》についたばかりだ、もう少し時を貸してくんな」

奥の座敷は片付けられ、いつお夏の亡骸が戻ってきてもいいように床《とこ》が敷き延《の》べられ、枕屏風や線香立てや線香の仕度も見えた。

「おりゃ、お夏が柳橋から芸者に出たいといったとき、反対したんだ。だがな、芸者は芸を売るのが仕事、女郎と違って身を売るわけじゃないとおかんとお夏に説得されてよ、許してしまった。それを悔いているんだ」

久吉が職人らしい訥々《とつとつ》とした言い方で八百亀に訴えた。

「久吉さん、こたびのことはお夏が芸者になったことと関わりがあるのかないのか、金座裏でもまだ摑んでないんだ。先走った考えをしちゃならねえ。はっきりしていることは、呼ばれた座敷で危難に遭ったということだけだ。隣には幼馴染みの清三郎さんらが控えているという座敷で、ふいを突かれて殺されたということだけだ」

八百亀が説得するように事実を話し、傍らの清三郎は申し訳なさそうに久吉に頭を下げ、

「すいません、おれが近くにいながら」

と呟く様な小声で言った。

奥の階段が軋《きし》んで、おかんと二番目の娘のお秋《あき》が下りてきて、

「金座裏の八百亀さんさ、どうしてうちのお夏が殺されたんだよ。そんなこと信じられないよ」

と八百亀の膝《ひざ》前にぺたりと座ると膝に両手をかけて揺すり、

「なんとか生き返らせておくれよ、代わりにわたしが首を括《くく》るからさ」

と訴えた。

「おかんさん、気持ちはよう分かる。かける言葉もねえ。こういうときが、わっしら手先がいちばんつらいときだ」

八百亀の言葉にお秋が、

「おっ母さん、金座裏の兄さん方に無理は言わないの」

と八百亀からおかんを引き戻した。

「おかん、お夏の亡骸が戻されるのは昼過ぎだと」

と久吉が呟き、八百亀が、

「こんなときにむごい問いだと分かっているが、お夏を手に掛けた人間に心当たりはないかえ」

「お夏にかぎって、そんな奴がいるものかね。だれからも好かれていたんだよ。おま

えさんだって承知だろうが」

おかんが吐き捨て、久吉も力なく首を振った。

「芸者の仕事が嫌になったなんて話はどうだ」

お秋に八百亀は視線を向けた。するとお秋がゆっくりと顔を横に振った。

「夏姉ちゃんは心から芸者稼業を楽しんでました。芸事を習ったり座敷に出たりするのが好きだったんです。お客さんもお店《たな》奉公していたら絶対に会えない人ばかりで、その人方の話を聞くのが楽しいと言ってました。私なんか魚河岸勤めです、いつも夏姉ちゃんを羨《うらや》ましく思ってました」

「嫌な話は聞いたことがなかったんだな」

「はい、一度も」

「清三郎さんによれば、お夏はだれかに見張られているような気がすると、不安を洩らしていたそうな」

「なんですって、そんなことがあるものか。清さん、冗談は休み休み言ってよね、こんなときにむごいよ」

おかんが詰《なじ》るように清三郎を見た。

「いや、何日前か木戸口ですれ違ったとき、お夏ちゃんがおれに言ったことなんだ。

おれが置屋から座敷への行き帰り、見張ってやろうかと言ったら、私の勘違いかもしれないから、もう少し様子をみるといったんだ。おれがそんとき、真剣に受け止めていれば」

「清三郎さん、お夏はそやつに殺されたのか」

「いや、決まったわけじゃないし、そんな奴がいたかどうかも」

「分からないって言うのかい。そりゃ、清さん、お夏が冗談を言ったんだよ。そんなことがあるもんか」

とおかんが言い放《はな》った。

八百亀の視線が末娘のお冬にいった。最前から何事か考え込んでいると思ったからだ。

「どうだえ、お冬ちゃんよ」

きいっ、とお冬が顔を上げて八百亀を見ると、

「私も姉ちゃんがそんなことを洩らしたのを聞いたわ。何日前だか、姉ちゃんが置屋に向かうのを通りまで見送ったとき、ふいに立ち止まった姉ちゃんが、『お冬、だれかに見張られていると思わない』と聞いたんだよ。私はそんとき、なにも考えてなかったし、松の内の通りには人が大勢往来しているし、姉ちゃん、座敷で疲れているの

かな、と思っただけだったわ。清三郎さんの言葉を聞いて、姉ちゃんはたしかに心に不安を抱えていたのだとわかった」

久吉とおかんの三人娘の中で末娘のお冬だけがまだ奉公に出ていなかった。たしか十五のはずだと八百亀は思った。

「ほんとうか、お冬」

久吉が末娘に問い質し、お冬が頷いた。

「そんな馬鹿なことがあるものか」

「おっ母さん、姉ちゃんの考え過ぎかもしれない。だけど、姉ちゃんがそう思っていたことは嘘じゃない。清三郎さんにも訴えたと聞いて、私ももう少し本気で聞いておけばよかったのにと思ったの」

お冬が小指を嚙んだ。

「お冬、その他にお夏は何か洩らさなかったか」

八百亀がさらに問い質した。しばらく考え込んでいたお冬が、

「表通りのあちらこちらに目をさ迷わせていた姉ちゃんが、ふいに『私の勘違いよね、私なんて付け回したって一文にもならないもの』と言うと、自分を励ますように、『今日も頑張らなきゃあ』と私をその場において神田川のほうに歩いていったの」

「お冬ちゃん、それがいつのことだ」

と清三郎が尋ねた。お冬は再び沈思して、

「四日か五日前、いえ、四日前よ、間違いないわ」

と言い切った。

「するとおれに訴えた日の前日だ」

と清三郎が呟いた。

「清三郎さん、お冬、お夏は見張っている者を見かけたことはないんだな」

と八百亀が念を押した。

二人は期せずして顔を横に振って否定した。

「お夏がなんぞ書き残したものはないだろうか」

「うちでなにか書くなんてことはないよ、書くとしたら置屋だろう。得意様に文をよく書かされると言っていたから」

と久吉が応じた。

お夏が小夏の名で身を預けていた椿屋《ちんや》という一風変わった屋号の置屋は、神田川河口左岸の浅草下半右衛門町にあった。

小夏の死で置屋全体が暗雲が覆うような哀しみに暮れていた。

八百亀は清三郎と伝次を椿屋の台所において、一人で抱え主《ぬし》夫婦に会った。女将のお香とも旦那の茂右衛門《しげえもん》とも八百亀は顔見知りだ。

いささか金座裏の縄張り内から外れていたが、この界隈で金座裏の親分を知らないものはいないし、なにか起これば地元の御用聞きより金座裏の看板を頼りにした。ために八百亀も先代の宗五郎時代から椿屋に出入りを許されていたのだ。以来何十年もの歳月が流れていた。

「八百亀、いったい全体何が起こったんだ。うちの小夏にかぎって人に恨みを買われるような娘じゃないよ」

「旦那、そいつはおれも承知だ。知りあいというより、行きずりの者が小夏に狙《ねら》いをつけたのかもしれねえんだ」

「八百亀、通りで刺し殺されたなんて話じゃないよ。料理茶屋の百川の二階座敷だよ、そんな馬鹿な話があるものか」

「いや、それがな、妹と幼馴染みの兄さん二人に小夏はだれかに見張られているようだと不安を洩らしていたんだ」

八百亀の言葉に茂右衛門がお香を見て、

「おまえ、そんな相談を受けたか」

「おまえさん、冗談じゃないよ。そんな話を聞いたら、座敷の行き帰りには男衆をつけていたよ」

だろうな、と茂右衛門が言い、

「八百亀、思い違いだね。小夏から聞いたという二人は」

「いや、たしかな話だ。だがな、小夏が不安に思っていた相手がいたかどうかは未《いま》だ突き止められたわけではない。そこでさ、小夏がなんぞ書き留めていたものはないかね」

「芸者は文を書くのも商売のうちだ。うちじゃ、抱えの娘にそれぞれ文箱《ふばこ》を持たせていた。それでさ、梅が咲いた、桜が満開という時候の挨拶のついでにときには座敷に呼んで下さいという誘い文をせっせと書かせていたから、小夏も筆硯、巻紙は自分のものを持っていたよ」

茂右衛門がお香を見て、お香が帳場から芸者たちの控える座敷に入っていき、塗り物の文箱を持ってきた。

「小夏は親が通いでなければ芸者に出さないって、うるさく言うんでね、うちにおいてあるものは文箱くらいだがね」

と八百亀の前に紅色の地に一輪の白椿が描かれた文箱を置いた。

「ちょいと見させてもらうよ」

蓋《ふた》を開けると女物の小さな硯や筆がきちんと片づけられており、使いかけの巻紙も入っていた。そして、書き損じの紙を三寸四寸四方に切って、綴《と》じた備忘録《びぼうろく》のようなものが入っていた。どうやら新年になって手造りしたらしく、綴じめもまだしっかりとしていた。

小夏の名が記された書付帳を開いた。

「正月元旦、浅草寺《せんそうじ》にはつもうで。人込みでおしりを何人にもさわられた。しようがないけどいやなかんじ」

といきなり記されてあった。

だが、浅草寺の初詣《はつもうで》の人込みで若い娘が尻を触られたなんて話はよく聞くし、娘によってはそんなことを朋輩に自慢げに吹聴《ふいちょう》するものもいた。まあ、格別なことではない。

お夏は三人小町と呼ばれた姉娘で、柳橋の芸者だ。素人《しろうと》娘より目立つから、そんな不愉快な思いをさせられたのだろう。

八百亀はこたびの残忍な殺しの手口と違うと思った。

正月二日は、

「おざしき三つ」

　正月三日は、

「おざしきかけもち四つ」

　とあり、
　正月四日のところに、

「さいごのおざしきのかえり、だれかにあとをつけられたかんじ、こんなことはじめて。でも、どこを見回してもそんな人は見あたらなかった」

　初めて不審な眼差《まなざ》しについての記述があった。そして、松の内十三日まで都合そんな記述が五度繰り返されてあった。

　八百亀は茂右衛門とお香に書付を見せた。

「驚いたな、小夏にそんな変な野郎が付きまとっていたなんて。小夏も小夏だ、それならそうと私たちに言うがいいじゃないか、なんとでも手を打ったのに」

　と茂右衛門がぼやいた。

「美木松、雛奴」

　お香が小夏と一緒に料理茶屋百川に呼ばれた朋輩芸者を呼びつけ、

「おまえさん方、小夏からこんな話を聞いたかえ」

と経緯を説明して念を押した。

美木松と雛奴が顔を見合わせ、顔を激しく横に振った。

「小夏ちゃんがそんな嫌な思いをしているならさ、私たちに喋《しゃべ》ってくれてもよさそうなものじゃないかな。どうして毎日顔を合わせている私たちに教えてくれなかったんだろう」

と美木松が自問するように呟いた。

美木松は小夏の姉さん株で、雛奴が妹分だった。

「もしよ、その相手に心当たりがあるとしたら、はっきりするまで口にしないのじゃない、お姉さん」

と雛奴が推量した。

「あるいは、そう思いながらも勘違いかといぶかしく思っていた」

「美木松、だけど妹と幼馴染みの兄さんには洩らしたそうだよ。それにこの書付に見張られているような気がすると四度も五度も書き残しているんだよ」

美木松と雛奴が黙り込んだ。

長い時が流れ、姉さん格の美木松が、

「そう言われれば、座敷の行き帰りに小夏ちゃんがふいに立ち止まって辺りを見回していたことがなかったかしら」

「あった。それも一日に何度も。それにいらいらしていることがあったよね。今になって気付いたことだけど」

「わたし、小夏ちゃんに好きな人ができて、女将さんに気付かれないように辺りに気を配っていたのかと思った」

「思い出した。ここんところ小夏姉さんたら奇妙に落ち込んでみたり、急にはしゃいでみたりしなかったかな」

「それは感じていた。だってさ、宝引きだって、なにも景品なんぞにならなくてもよかったんだもの。座敷を盛り上げるにしても、なにかとって付けたように妙に燥《はしや》いでいたよね」

「それそれ」

「となると、ほんとうに小夏ちゃんを付け回す奴がいて、そいつが小夏ちゃんを殺したということ」

　と美木松が八百亀の顔を見た。

「いや、そいつはまだ分からない。探索が始まったばかりでな」

　と八百亀が応じて、

「旦那、この小夏の書付、借りていっていいかね」

と願った。

「小夏が殺されたんだ。なんとしてもそいつをお縄にしてほしい。なんでも持っていっていいよ」

茂右衛門が許しを与えた。

「おまえたち、下がっていいよ」

と二人の抱え芸者にお香が言い、二人が帳場を去ったあと、

「八百亀、ここだけの話だけど、小夏がいなくなって、うちは稼ぎが半分に減るよ。愛らしくて気立てがいい。だれにも好かれた芸者だったからね。あの二人が呼ばれるのも小夏がいたからだよ。今晩からどうしよう」

「お香、そんなことより小夏が成仏するように金座裏に頑張ってもらって、下手人をお縄にすることがまず先だ」

「旦那、女将さん、最初に小夏が見張られている、尾行されていると感じた正月四日の座敷はどこですね」

「四日ねえ」

とお香が帳場机の帳面を調べて、

「おや、百川の座敷で、相手は上田藩松平様のご家来衆の新年の宴の席だった」
と答えた。

四

政次は寺坂毅一郎といっしょに信濃《しなの》上田藩松平伊賀守《いがのかみ》の上屋敷を訪ねようと浅草橋を渡った。

呉服屋伊勢陣の奥座敷では当代の貴左衛門、番頭が立ち会い、倅の和一郎の尋問を政次が行い、昨夜の百川での騒ぎの前後のことを聞いた。

同行した寺坂は一切口を挟むことはなかった。

さすがに伊勢陣の当代だ。和一郎の行状は承知していて、店先での非礼をまず寺坂と政次に詫《わ》びた。その上で、

「和一郎、おまえさん、なにを勘違いしていなさる。己の不行跡を棚に上げて、金座裏の若親分になんたる言葉を吐きなさった、店先であのような言葉を吐くのは、恥の上塗りをしていなさるというのが分からぬか。おまえも今年で二十四、松坂屋で手代として厳しい奉公に耐えた政次さんと同じ年でしょうが。政次さんは呉服屋から金座裏に鞍替《くらが》えして、金流しの親分の十代目を継がれるそうな、幕府開闢以来の金流しの

大看板を背負いなさる。それに比べて、おまえさんは昼間から悪仲間を集め、川向こうから芸者を呼んで百川で花札博奕《ばくち》ですと、呆《あき》れてものがいえません、死んだ女房が長男というので猫っかわいがりに育てたのが間違いの原因でした。

番頭さん、いいですか、うちの跡継ぎは和一郎に決まったわけではありませんぞ。かように、いつまでも腰が定まらないようでは和一郎を私の跡継ぎにしても商いがどんどんと左前《ひだりまえ》になるのは目に見えております。次男の吉次郎《きちじろう》が商いに熱心です。ここいらでうちも本式に考えなおした方がいい。そう心得なされ」

と和一郎を厳しく説諭した貴左衛門が政次に視線を向け、

「政次若親分、不愉快な思いをさせてしまいましたな。親の私は恥ずかしい。若親分はうちと同業の松坂屋さんで修業をしてこられましたが、ただ今は金座裏の立派な跡取りにお決まりだ。それに比べて、この馬鹿たれ息子は松の内の昼間から花札賭博ですと。お縄にして奉行所に連れていくと言われるなればご自由にして下され。そのほうがうちのため、世のためかもしれません」

と政次に詫びた。

「伊勢陣の旦那、私どもは昨夜の一件を尋ねにきただけです。なにも和一郎さんを博奕常習の罪咎《つみとが》でお縄にしようと訪ねてきたわけではございません」

と受け流した政次が、

「和一郎さん、おまえ様方が一階の座敷で遊んでおられるとき、なんぞ怪しい人の出入りに気付かれたことはございませんか」

と改めて尋ねた。

さすがに父親に、番頭、寺坂の前で次男に跡継ぎを替えてもいいとまで言われて、和一郎はしゅんとしていた。

「おれたち、花札に夢中でよ、二階座敷の騒ぎは気にもしなかったんだ。まさか上の座敷で人が殺されたなんて。百川の奉公人に『二階でだれかが死んだそうな、若旦那方も早々に引き揚げたほうがいいよ』と耳打ちされてさ、慌てて裏口から逃げ出しただけなんだ。ほんとうにその他のことは知らないったら」

「花札の仲間の名はだれですね」

「古着屋の稲三郎《いなさぶろう》に馬喰《ばくろ》町の旅籠《はたご》の倅の長次郎《ちょうじろう》の二人、川向こうの芸者は花蝶《かちょう》って置屋の巳代治《みよじ》、市松《いちまつ》、お苗《なえ》の三人ですよ」

とふてくされた口調ながら政次の問いに素直に答えた。その言葉を聞いた貴左衛門が舌打ちした。

「番頭さん、聞かれましたな。いつもの悪仲間と未だ手が切れておりませんよ。この際だ、徹底的にこやつに灸《きゅう》をすえてやらねば、伊勢陣はほんとうに傾きますぞ」

と危惧《きぐ》の言葉を連《つら》ねた。

政次は尋問を続けた。

「お仲間や芸者連はなにか異変に気付いたことはございませんか」

和一郎はまず顔を横にふった。

「百川の裏口から出たおれたちは、上半右衛門町の小体《こてい》な軍鶏鍋《しゃもなべ》屋で飲み直して別れましたんで。その折、百川の一件が話題に上ったがさ、だれもなにも知った風はなかったよ。ただ、おれたち」

「和一郎、そなたは商人の倅です。おれたちではございません、私たち、政次若親分に答えなさい」

と険しい口調で貴左衛門が注意した。

政次の前で厳しい注意を受け続ける和一郎は恨めしい表情で父親を見て、

「はい、お父っつあん。私たち、『間抜けにもだれが死んだんだ、二階座敷で騒いでいた連中が喧嘩《けんか》なんぞして刃物を持ち出し、どてっぱらでも抉《えぐ》ったかねえ』なんて、推量の話をしてさ、口直しの酒を呑んで別れただけなんだよ。これ以上、なにも知るものか」

と和一郎が答えていた。

「ということは、だれが死んだかもご存じないので」

「そんなことを調べるのはおまえさん方、金座裏の仕事でしょうが。おれたちは、いえ、私たちは手慰みをしていて、迷惑に巻き込まれただけですよ。百川は客を庇《かば》うどころか、町方に洩らしたなんて」

と和一郎がぶつぶつと呟き、貴左衛門の顔に青筋が立って怒鳴りつけようとするのに先んじて、

「若旦那、百川でだれが殺されたか、ほんとうにご存じないのでございますね」

と念を押した。

「知るわけないよ、そんなこと」

と甲高い声で応じた和一郎の言葉に嘘はないように思えた。

「若旦那に二階のことを告げて、裏口から逃がしてくれた奉公人はだれですね」

「仲居頭のおうねだけど」

政次は話柄を転じた。

「若旦那、柳橋の芸者を座敷に呼ぶこともございますか」

その問いに和一郎が親父の顔をまたちらりと見て、

「まあ、ないこともないよ。だけど、一年も前、ツケがかさんで店に男衆が取りたてにきてさ。その折、親父に知られて、さんざ叱《しか》られたんでさ、川向こうに鞍替えしたんだ」

「その折の置屋と馴染み芸者はだれでしたね」

「置屋は下半右衛門町の川風《かわかぜ》、芸者の名なんて覚えてませんよ」

「置屋の椿屋とは関わりがございませんので」

「椿屋な、奇妙な屋号の置屋とは出入りがないな」

と答えた和一郎が、

「金座裏、どうしてそんなことを聞く」

と反対に問い返した。

親父の前で洗いざらい行状を吐き出されて、居直った様子も見えないこともない。

「二階で殺されたのは柳橋の芸者でございましてね」

「えっ、芸者が殺されたって。男と心中立てでもしようとしてしくじったか。いよいよ間抜けな野郎だね」

「いえ、宝引き騒ぎの最中、景品になった芸者が殺されたんでございますよ。客の魚河岸や火消の連中は関わりがないと思えます。大勢の面々は一塊になって宝引きの仕度が整うのを隣座敷で待っていたんですからね。ともあれ隣座敷にいた連中に気付かれずに何者かが若い芸者に近付き、一瞬にして殺して逃げた」

「せ、政次、さん、おれ、げ、芸者殺しなんて関わりないぜ。ま、まさか、おれを疑って調べに来たんじゃないよな」

和一郎の声が一段と高くなり、血相が変わった。ようやく置かれた立場に気付いた様子だった。その挙動をとくと見定めた政次は、

「和一郎さん、当分、お仲間やら川向こうの芸者やらにつなぎをつけないほうがおためです」

と言い、寺坂に「ようございますか」と尋ねたあと、寺坂の頷きを待って辞去することにした。


浅草橋を渡り、御蔵前通りを北に二、三丁進み、松平家の屋敷への門前への引き込み路に立ったところでばったりと八百亀らと鉢合わせた。

「おや、若親分、寺坂様、これから信濃上田藩にお訪ねでございますか」

と八百亀がいい、ちょうどよかったという顔をした。

「八百亀、なにかありましたか」

八百亀は、三雲新右衛門が長の御米蔵の書替所の軒下に政次と寺坂を招いて、お夏の長屋で妹のお冬から聞いた話と、置屋の椿屋で仕入れた情報を二人に告げた。

「清三郎の他にもお夏から見張られているような気がすると聞かされていたものがいたか。そいつが妹となればこりゃ、お夏の勘は運悪く当たっていたというべきだな」

と寺坂が言い、政次が頷き、念を押した。

「八百亀、正月四日の日の小夏の日誌に見張られているような気がすると初めて記されていたというのですね」

「それも上田藩五万三千石の松平様の新年の宴の帰りだというのだ、若親分」

「驚きましたね、昨夜も上田藩は絡んでいる。新年の宴の中に用人の伊藤万五郎様はいたのだろうか」

「若親分、そいつはまだ調べがついてないんで」

三人が額を寄せ合い、沈思していると、

「おや、金座裏が浅草御蔵前の道端に引っ越してきたかね」

と宗五郎ののんびりとした声がした。

「親分、長火鉢の前に鎮座しているのも尻がむずがゆくなって、おもてに這《は》い出してこられたか」

「八百亀、冬眠の熊じゃねえや。お約束の隠居仕事に御成新道の御側《おそば》衆青木左衛門丞様のお屋敷を訪ねたところよ。陽射しも高いや、神田川沿いをなんとなく柳橋に下ってきたところだ」

　と少し離れたところに立つ清三郎を見た。

「慶長大判の一件、なんぞ分かったか」

「八百亀、およそ推量はついた。だが、今一つ、ぴたりと収まらないがね、そのうち片がつこう。まあ、こっちは直《じか》に夕べの殺しと関わりがない。それより寺坂様まで表に立たせての鳩首《きゅうしゅ》会談の件が先とみたがね」

「親分、いささか話が進展したようだ」

　と寺坂が答え、

「松平様を訪ねられましたので」

「いや、それを前にしての立ち話だ。もう一度八百亀、親分に繰り返せ」

「ならば寺坂様、道端の長話もなんだ、三雲様のところにお邪魔しましょうか」

　と言った宗五郎がこちらを最前から気にしながらちらりちらりと見ていた書替所の書き方に、

「榎木《えのき》の旦那、ちょいと土間先をお借りしてようございますかね、御用の話ですよ」

と声をかけ、

「金座裏の親分までお出張りとは、昨夜の百川の一件に関わりがありそうな」

と榎木厳七《げんしち》が、

「ならば土間の隅の待合所を使いなされ」

と許した。


半刻(約一時間)後、宗五郎と政次の二人は松平家の用人部屋で伊藤万五郎が姿を見せるのを待っていた。

伊藤表用人は台所で女衆となんぞ話しをしているとか、しばらく待たされたあと、せかせかとした足音が廊下に響いて、伊藤表用人が姿を見せ、

「昨夜の一件だな、金座裏」

といきなり言った。

「いかにもさようでございます」

「百川じゃ騒ぎがあったというので、気が動転したか、われらに早々にお引き上げ下さいと言いおったが、人が死んだとあれば町方に話を聞かれるのは当然のことだ。まして、江戸には金座裏って大看板が睨《にら》みを利かしているのだからな」

「伊藤様、恐れいりますな」

大名家の松平家を宗五郎と政次親子だけで訪ねたのは寺坂の発案だ。寺坂は、

「おれみたいな町方の巻羽織が屋敷を訪ねると却《かえ》って聞ける話も聞けないかもしれない。ここは隠居と自称していなさる九代目の出番だろうよ」

と金座裏の父子に役を譲った。

たしかに大名家や旗本屋敷に、町奉行所の同心が正面から聞き込みにいくのは得策ではない。どこもが、

「わが屋敷に関わりがあるというなれば大目付《おおめつけ》を通しなされ」

とか、

「直参旗本の屋敷に不浄役人がなんの用だ」

といって、追い返されることもあった。

だが、三代将軍家光のお墨付きの金流しの十手の威光は、大名家にも大身旗本以上のものがあった。

また寺坂毅一郎と八百亀らは、お夏の検視が終わった頃合いで、亡骸に付き添い、長屋まで送るという約束を果たす御用があった。そんなわけで二手に分かれたのだ。

「われら、いささか屋敷では不都合な内談があってな、なじみの百川の離れ座敷を借

り受けたが、正直申して百川の奉公人に、『迷惑がかかるといけませぬ、早々にお立ち退《の》きを』といわれるまで騒ぎが起こったことにも気付かなんだ。なにがあったかもよう知らぬ」

「人ひとりが殺されたのでございますよ」

「火消と魚河岸の連中の飲み会というで、酒に酔っての喧嘩口論の末の刃傷沙汰《にんじょうざた》か」

「それがいささか違いましてな」

と宗五郎が簡単な経緯を告げた。

「なんと、宝引きの景品に志願した芸者が殺されたというか、驚きいった次第かな」

と答えた伊藤表用人の様子はなんとなく事情を承知している様子も窺《うかが》えた。

宗五郎が話の矛先《ほこさき》を変えた。

「伊藤様、不都合なことが屋敷にございましたので」

「屋敷の恥ゆえ外に漏らしたくはない。百川の騒ぎと関わりがあるはずもない。金座裏、こちらは聞いてくれるな」

と伊藤表用人がぴしゃりとはねつけた。

「へえ、分かりました。ところで昨夜、伊藤様と内談なされた伊賀《いが》神三郎助《かみさぶろうすけ》様と吉川《きっかわ》多門《たもん》様は、上田藩江戸藩邸のお目付方にございましたな」

「なに、もはやそこまで調べがついておるか」

「蛇《じゃ》の道は蛇《へび》にございましてな」

と答えた宗五郎だが、百川の主人夫婦が洩らした話だった。

「内談ゆえ、二人と会うというても、こちらの話を聞くのはご法度《はっと》じゃぞ」

「いえ、お二人直にお尋ねすることはございますまい。伊藤様方は離れ座敷から一歩も出られなかったと百川の女衆が答えております。されどときに厠《かわや》に行かれることもあろうかと、こうして二人雁首揃えてお邪魔したところでございますよ」

「宗五郎、わしが厠に行ったのは百川に上がった折のことだ。そのあとは三人して御用の話、膳が出たのはそのあとだ。酒もそうは飲んでおらぬ。離れ座敷に出入りした者は百川の奉公人だけでな」

「昨夜、お二人の他にたれぞ小者中間《こものちゅうげん》を従えておられましたかな」

「話が話ゆえ、三人だけで提灯持《ちょうちんも》ちも従えておらぬ。なにしろ百川とわが屋敷はさほどの距離はないでな」

「よう、話は分かりました」

「おお、分かってくれたか」

と伊藤表用人が安堵《あんど》した表情を見せた。

「ところで正月四日、百川で新年の宴をお屋敷では催されたそうな、伊藤様もその席におられましたか」

「なに、金座裏。用とは昨夜のことだけではないのか」

と伊藤表用人の顔が不快な表情に変わった。

「伊藤様、申し訳ねえが、わっしらの御用とはあれこれと無駄なことを詮索《せんさく》することにございましてね、されどまんざら関わりがないわけじゃねえ。恐れ入りますが、もうしばらくわっしらと付き合ってくれませんか」

宗五郎の丁寧な言葉に伊藤表用人が不承不承答えた。

「四日の新年の宴は、わが屋敷の重臣方二十数人の集《つど》いでな、なんの話があったわけではないぞ、まあ、年賀の宴だ。まさか四日の集いに参加した者の名まで承知しておるというわけではあるまいな」

宗五郎が顔を横に振って、

「その場に芸者が呼ばれていたとか」

「賑わしに芸者が五、六人、酌婦《しゃくふ》として呼ばれておったな」

「伊藤様はそのときの芸者を覚えておられますか」

「さあてな、顔はおぼろに思い出すが、名まで覚えておらぬ。それがどうした」

「その中の一人が昨夜、百川で殺された者にございますよ」

「えっ、なんと申したな。四日の宴に出ておった芸者が殺されたとな」

伊藤表用人の顔が強張《こわば》り、あれこれと思案している様子が見られた。

「なんという芸者か」

「椿屋の抱え、小夏という芸者にございましてな」

「その者なれば覚えておる。若《わこ》うて、おちゃっぴい芸者で場を盛り上げるのが上手な娘であったな」

「いかにもさようでございますよ」

「とはいえ、小夏なる娘が百川に四日と昨夜呼ばれたからといって、われらになんの関わりがある、金座裏」

伊藤表用人の物言いが慎重になっていた。

「伊藤様、これからの話、しばらく伊藤様の胸に納めて頂きとうございます」

「相分《あい》かった」

「小夏ことお夏は、ここのところだれか不審な者に付け回されていたのでございますよ。お夏が最初に異変を感じたのが、正月四日の座敷の帰り、そして、殺されたのが昨夜」

と宗五郎が差し障りのないところを告げた。

う、うーんと唸《うな》った伊藤表用人が、

「それがしはなにも知らんぞ」

「なにかご存じとは思いません。恐れ入りますが、正月四日の宴に出られた重臣の方々、付き添いの中間小者、すべての名を教えてくれませぬか」

と宗五郎が願った。

「そ、それは。それがしの一存では出来ぬぞ」

「できることとなれば、伊藤様のご判断で。いえ、関わりがないとなれば宗五郎とこの政次二人の胸に仕舞って、どこにも洩らすことはございません」

伊藤表用人は沈思した。

長い時が流れた。

「宗五郎親分、しばし時を貸してくれぬか。藩内で相談せねばならぬお方が何人かおる。事の次第はなんとも申せぬ、だが、必ずや金座裏にその結果は知らせる」

伊藤表用人の決心に宗五郎が静かに頷いた。

第三話　手拭いと針

一

金座裏《きんざうら》に宗五郎《そうごろう》と政次《せいじ》が戻ってきたのは八つ半（午後三時）過ぎのことだった。出迎えたのはしほと菊小僧《きくこぞう》だけで、手先たちはみなまだ探索の最中だった。

「おっ義母《か》さんはお夏《なつ》ちゃんの家に悔やみに行かれました」

しほが報告した。

「そうか、お夏の骸《むくろ》は長屋に戻ったか」

宗五郎がぽつんと言った。

小夏《こなつ》は本名のお夏として家族のもとに戻っていた。

「政次、こたびの一件だがな、なんとなくいやな予感がしてな」

「いやな予感とはなんですね」

「なんだかお夏の一件で終わらないような感じがするのさ」

「お夏を殺した男が同じような殺しを企《くわだ》てるというのでございますか」

「うむ、漠とした思いが頭の中に宿ってな、打ち消しても消えねえのだ」

政次はしばし広土間で考え込んだ。

「親分は下手人とお夏が知り合いではない。殺された場は料理茶屋の百川《ももかわ》の二階座敷だが、外から忍びこんで殺して逃げたと言われるのでございますね」

「料理茶屋の二階座敷だ、道端ではない。これだけ見ても、たしかに通りすがりの犯行ではない。何日も付け回した末に宝引《ほうび》きの場に狙《ねら》いを絞った」

「お夏さんが宝引きの景品に志願することも織り込みずみと申されますか」

「そこだ。おれの考えの弱みはな。お夏は座を盛り上げるため、咄嗟《とっさ》の思い付きで景品に志願した。下手人は思いがけなくもお夏が隣座敷で独りになったわずかな時を逃してねえ、百川の様子をよほど承知の者と思える。だれもがそう考える。だから、おれたちも昨夜百川に客でいた連中や奉公人を調べている。もしやして百川の隙《すき》をついて二階座敷に入り込んでいた者がいたとしたらどうなるえ。火消や魚河岸《うおがし》の連中は遊びを心得た連中だ、二階座敷を独り占めしていたんだ、飲み食いも終わっていた。百川の奉公人が二階座敷に滅多に顔を出すことはあるめえ」

「そんな偶《たま》さかの機会を見逃さず、下手人はお夏さんを襲った。そして、二階座敷から物干し場を通って屋根伝いに百川の外に逃れたと言われるので」

「下手人がお夏を一方的に知っており、勝手に関心を持っていたことはたしかだろう。物はなにも盗んでない、お夏の体を犯してもねえ。己《おのれ》一人のものにするために殺したのかもしれねえ。むろん隣座敷に威勢のいい兄い連が控えていたんだ、そんな暇がなかったこともたしかだ。だがな、おれの考えでは野郎、お夏を殺すことで己の欲望を満たしている。こんな野郎は往々にしてお夏を殺した快感をいま一度繰り返したがるもんだ」

政次は茫然《ぼうぜん》として宗五郎の顔を見ていたが、しほへと視線を移した。

「親分の申されること、なんとなく分かるような気がします。いえ、そんな汚らわしい人間を知っているわけではありません。ですが、人間の欲望や業《ごう》は時に歪《ゆが》んで現れることもありましょう。政次さんは政次さん、亮吉さんとは違うはずです、人それぞれ千差万別ではございませんか」

「私が凡人なのか、そんなこと考えもしなかったよ」

としほに応じた政次は、

「親分、しほ、私も三光新道《さんこうじんみち》に行ってお夏さんにお線香を上げてきます」

と言い残すと、踵《きびす》を返して広土間の敷居を跨《また》ぎ直した。

政次がお夏の長屋に着いたとき、八百亀《やおかめ》と弥一《やいち》が長屋の前に立ち、界隈《かいわい》の住人が次々に悔やみに訪れていた。亡骸《なきがら》を運んできた八百亀と弥一はしばらく長屋に残ったのだろう。そこへおみつが姿を見せた。

「見ちゃいられないよ、おかんさんの気持ちを思うと、お夏ちゃんを殺《あや》めた人間が憎いよ」

と政次に言った。

「おっ養母さん、私もお線香を手向《たむ》けて参ります」

と断り、土間に入った。

お夏の亡骸は奥の座敷に置かれて、ちょうど置屋椿屋《ちんや》の女将《おかみ》お香《こう》が手を合わせていた。

亡骸の向こうにお夏の両親の久吉《きゆうきち》とおかんに妹のお秋《あき》とお冬《ふゆ》の四人が並んで悔やみの客を迎えていた。おかんは放心状態で身がその場にあるだけで、心は亡くなったお夏に寄り添おうとしていた。その手をお秋がしっかりと握りしめていた。

「わたしにもお線香を手向けさせて下さいまし」

と土間で断った政次が板の間に上がって控えた。

お香が残された家族に慰めの言葉をかけると、久吉が、

「女将さん、おれは悔しいよ。あれほどお夏が楽しんでやっていた芸者稼業がこんなむごい仕打ちをするなんてさ」

「久吉さん、おかんさん、小夏を、いやもうお夏ちゃんに戻ったんだったね。お夏ちゃんの身を守り切れなかった私たちを許しておくれな。私も悔しいし、下手人が憎いよ」

一頻《ひとしき》りお香とお夏の家族の間で言葉が交わされ、涙が流された。そして、お香がいまいちどお夏の顔を見ると合掌《がっしょう》した。

お香が座敷から板の間に下がり、政次と顔を合わせた。

「若親分、めどは立ったの。なんとかしておくれよ」

とお香が苛立《いらだ》つ声で政次に言いかけた。

「女将さん、力が足りずにすまない。もう少し時を貸してほしい。必ずやお夏さんを殺めた下手人は私の手で抑えてみせます」

政次としては珍しくもきっぱりと言い切った。

宗五郎が出がけに言った言葉、下手人は、お夏を殺すために殺した、あるいは己の欲望を満たすために殺した。さらにこのような動機の殺しを繰り返すかもしれないと

いう考えに政次は平静を欠き、下手人に憎しみを覚えていたのかもしれない。それがこのような言葉を吐かせたのだろう。

お香が頷《うなず》き、政次と場を代わってくれた。

「久吉さん、おかんさん、お秋さん、お冬ちゃん、今言ったとおりだ。もうしばらく辛抱して下さいな」

「若親分、おまえさんの言葉を聞いて、昨夜からのどうしようもない憤《いきどお》りがよ、少しは減じられた。おまえさんなら必ずやお夏の仇《かたき》をとってくれる。そう信じているよ」

「久吉さん、必ずやお約束します」

と応じた政次の返答はいつもの平静を取り戻していた。

政次が松坂屋《まつざかや》から金座裏に奉公替えして幾たび哀《かな》しみの場に立ち会っただろう。そのたびに政次は心に言い聞かせてきたことがある。

「思い込み、見込みで探索は為らず

平静を保ち、無想の心の目で見よ」

というものだ。

この考えは赤坂田町《たまち》の神谷《かみや》丈右衛門《じょうえもん》道場の稽古《けいこ》から啓示を受けたものだ。相手があある、こうくると思いこんだとき、こちらの防御の策はすでに一手に限られている。

ために予測を超えた技をかけられたとき、後手《ごて》をとることになる。目に見えない下手人相手にはなおさら平常心と無念無想を保ち、広く視野を持つことだ。

政次はお夏の顔を見て、改めて平静に戻ることを誓った。

長屋の前で言い争いが始まった。どうやら魚河岸やい組の連中が悔やみにきたのを長屋の住人が、

「おまえさん方の遊びに巻き込まれてお夏ちゃんは殺されたんだ。どの面下《つら》げて悔やみにきた。お夏ちゃんが喜ぶと思うか」

と止めだてしようとしているらしい。仲に立った清三郎《しんざぶろう》の声が長屋の連中を宥《なだ》めようとしたが、

「清さん、おまえさんもおまえさんだ。なんだい、兄妹同然に育ったお夏ちゃんを座敷に呼んで、なにがおもしろいか」

と八つ当たりの声までした。

久吉が立ち上がろうとするのを政次が制し、

「うちのおっ養母さんも八百亀もおります。表の連中に任せて下さいまし」

と願った。その途端、

「長屋の兄さん、おまえさんの気持ちも分からないじゃないがさ、い組の兄さん方や魚河岸の連中の厚意を無にしてさ、お夏ちゃんが喜ぶとお思いかえ。だれもが悔しくて哀しいんだ。それを我慢するのが大人じゃないかえ、お夏ちゃんが哀しむよ」

おみつの貫禄《かんろく》の声が響いて、さすがの住人らも黙った様子だ。しばらくして魚河岸とい組の代表の京次《きようじ》や荘次郎《そうじろう》ら六人が白菊の花束を手に、

「お別れをさせてくれませんか」

と神妙な顔付きで入ってきた。その中に清三郎も加わっていた。久吉が立ち上がり、

「兄さん方、よう見えたね。お夏も喜ぶよ」

と招いた。

「久吉さん、おれたちの馬鹿騒ぎがこんなことを招くなんて、なんとも言い訳のしようがねえ。許されるこっちゃねえが、お夏さんにお別れさせてくれませんか」

と京次が殊勝に挨拶《あいさつ》し、

「兄さん方、考え違いをしちゃいけないよ。お夏はお客様に座敷に呼ばれるのが務めだったんだ。それがおまえさん方のような心の通った面々の座敷でこんな最期を遂げた。親のおれだって悔しいがさ、おまえさん方になんの罪咎《つみとが》があろう。ささ、手を合わせておくんなさい」

と願った。

その言葉を聞いて政次は、椿屋のお香といっしょに長屋を出た。長屋の前には最前より多くの人たちがお夏に別れを告げに来ていた。それだけ久吉の一家とお夏がこの界隈で慕われていた証《あかし》だろう。

おみつと八百亀たちは木戸口にいて、長屋の持ち主の奈良屋の番頭と話していた。

「番頭さん、あとはお願いしますぜ」

と八百亀が願い、金座裏の面々は木戸から路地を経て通りに出た。

藪入《やぶい》りの日だ。

小僧や手代たちが親の待つ家に急いでいた。

政次はなにかがこちらの気配を窺《うかが》うような気がして辺りを見回した。だが、なにか格別に怪しげな人物はいなかった。

小僧たちが急ぐのとは反対の方向に鉄錆《てつさび》色の看板の背に鍔《つば》、縁頭《ふちかしら》、胴金《どうがね》、鐺《こじり》を嵌《は》めた木刀を差し込んだ中間《ちゅうげん》が歩いていた。

政次は渡り中間ではないな、髷《まげ》を見てそう思った。口入《くちいれ》屋から臨時に雇い入れられる中間の髷は一直線で長く、武家雇いの髷は短かった。

盛り場はどこも藪入りの手代や小僧でいっぱいだろうなと考えながら、政次らは金座裏に向かった。

「だれが亡くなるのも哀しいがさ、これから花が咲くという若い娘がむごい目に遭って死ぬのを見るのはやりきれないよ」

おみつがぽつんと呟《つぶや》いたが、だれも答えられなかった。

「八百亀の兄さん、親分が出がけにね、お夏ちゃんを殺《や》った奴は己の楽しみのために殺しをしているような人間かもしれない、もう次を狙っているかもしれないと言われるんだ」

「なんだって、うちの人はそんなことを言ったんだろうね。お夏ちゃんを殺した男は殺しが楽しくてやったというのかえ」

おみつが怒りを含んだ声で政次を質《ただ》した。

「親分はそう考えておられるようです。盗んでいこうと思えば、景品があれこれと転がっていた。だが、下手人は見向きもしてない」

「またお夏の体を汚してもいねえ。もっとも隣に血気盛んな兄さん方がいたんだ、そいつは無理だろうがね。そうか、野郎は殺すことで欲望を満たしているというんですね、親分は」

「そういうことです」

と応じた政次は、

「親分は二人目の犠牲者が現れるかもしれないと気にかけておられました。私はね、その話を聞いて最前から考えていることがあるんですよ」

「なんですね、若親分」

「八百亀の兄さん、ひょっとしたらこれまでもお夏さんと同じような殺され方をした被害者がいるのではないかと思ったんですよ」

ほう、と言った八百亀が足を止めて政次を見た。そして、

「姐《ねえ》さん、弥一といっしょに金座裏に戻ってくれませんか。わっしら、北町に立ち寄っていきます」

と八百亀が言い、

「わたしゃ、一人でも戻れるよ。弥一にも北町奉行所の表くらい見せておくのも勉強の一つだよ」

おみつが言い、ならば弥一を連れていきますか、と八百亀が応じて三人はその場におみつを残して足を速め、呉服橋の北町奉行所に向かった。

政次らが会おうとしたのは北町奉行所の手付《てつき》同心猫村重平《ねこむらじゆうべい》だ。ふだん閑《ひま》の折は鼻か

ら提灯《ちょうちん》をだして居眠りをしているので居眠り猫と呼ばれていた。だが、南北両町奉行所が過去に扱った事件の詳細を記憶していて、寺坂《てらさか》毅一郎《きいちろう》ら探索方同心の強い味方だった。
弥一を北町奉行所前に残した二人が門番に訪《おとな》いを告げると早速に玄関へと通され、
玄関番の見習い同心に猫村への面会を願った。
「居眠り様ですか、最前まで書庫の火鉢の前でよだれを垂らして居眠りをしておられ
ました。しばらくお待ちください」
と即刻猫村へ政次らの訪問が告げられた。待つ間もなく見習い同心が戻ってきて、
「金座裏の若親分、猫村様の御用部屋に案内します」
と先に立ってくれた。
金座裏の金看板があるからこそできる芸当だ。並みの御用聞きが奉行所に通される
なんて許されるものではない。
「猫村様、若親分をお連れしました」
と見習い同心が廊下から声をかけ、政次が見習い同心に礼を述べると、
「奉行所に寺坂様がおられましたら、私どもがこちらにお邪魔していることをお知ら
せ下さいませぬか」

と願った。

畏《かしこ》まった見習い同心が去り、

「若親分、入れ入れ。なんだ、八百亀もいっしょか」

と猫村が二人を火鉢の傍に手招きした。

「本年もよろしくお願い申します」

と御用部屋の端で丁寧にお辞儀した政次と八百亀は、火鉢へと少しばかり寄った。

「それでは話が遠いわ。若いそなたはよいかもしれんが、猫村重平、近頃耳が遠くなってな、他人の話が聞き取れぬのだ。ぐいっと寄れ」

とさらに手招きする手付同心の傍らに寄った。

「なんぞわしの記憶が役に立つことが出来《しゅったい》したか」

と猫村が政次に話を催促した。

「はい。昨夜のことにございます」

と前置きして、料理茶屋百川で起こった騒ぎを猫村に語り聞かせた。

「なにっ、若い柳橋芸者が宝引きの最中に殺されたと」

と猫村が未《ま》だ知らなかった様子で政次に驚きの顔を見せたとき、寺坂毅一郎が姿を現した。

「なんぞ居眠り猫様に相談したきことがあったか、若親分」

「いえ、親分が気がかりだと言われたことを考えているうちに、ひょっとしたらと思い立ったのです」

「なんだな、金座裏の九代目と十代目が思い付いたこととは」

政次は宗五郎の不安を寺坂に告げて、

「お夏殺しと似たような未決の事件がないかと、ふと思い立ったのです」

「宝引きの最中に殺された事件とな、そんなもの聞いたことないな」

と居眠り猫が寺坂に代わり即答していた。

「いえ、宝引きの最中ではのうてもようございます。この殺しの特徴は、お夏の口を手拭《てぬぐ》いで塞《ふさ》ぎ、盆の窪《くぼ》に畳針より細い長針を刺して一息に殺していることです。この殺しの瞬間に、男女の交合のような快楽を下手人が感じているのではないかと、親分は推量されたんです。そこで、もしかしたら、同じようなことが過去に起こってないかと、かように参上した次第です」

と政次が宗五郎の考えをもとに奉行所を訪れた理由を丁寧に告げた。

「ほう、親分も若親分も、えらいことを考えおったな」

と寺坂が言い、猫村を見た。北町奉行所の知恵袋は沈思していたが、

「ちょいと待ってくれ」

と北町奉行所の書庫に向かった。

四半刻（約三十分）も待たされたか、居眠り猫がまだ真新しい綴《と》じ込みを手に御用部屋に戻ってきた。

「南町の月番の間に起こったことだ」

「南町にございましたか」

と寺坂がどことなく安堵《あんど》した声音《こわね》で呟いていた。

「四月《よつき》も前のことだ。深川浄心寺に寺詣《てらまい》りに行った下総関宿《しもうさせきやど》藩久世《くぜ》家下屋敷の奈美恵《なみえ》と申す十八歳のお女中が盆の窪を刺されて殺され、深川吉永町の材木置場の材木の陰に引きずり込まれ、放置してあった。それを二日あまり過ぎた日に職人が見つけておる。むろん久世屋敷では奈美恵が屋敷に戻らぬというので実家の本所相生町《ほんじょあいおい》の米屋常陸屋《ひたちや》に問い合わせもし、寺付近を探させてもおる。浄心寺は常陸屋の菩提《ぼだい》寺でな、奈美恵の実母が眠っているところだ。墓掃除をしておるのを寺の小僧が見ていたし、墓にも新しい花が上げられていたので、奈美恵が墓に独りでお参りしたのは間違いない。小僧は閼伽桶《あかおけ》を返しにきた奈美恵が赤蜻蛉《とんぼ》の飛ぶ中、山門を潜《くぐ》った背中まで見届けておる。夕暮れの刻限だったそうな」

居眠り猫が一気に喋《しゃべ》った。

「猫村様、奈美恵なるお女中、犯されておりましたか」

「いや、それが南町付きの検視医里村李庵《さとむらりあん》先生は認めておらぬようだ」

「口を手拭いで塞いだなんて分かりますまいな」

「南町から回ってきた書付には記されてない」

しばし重い沈黙がその場を支配した。

「金座裏の親分と若親分の勘があたったようだな」

「盆の窪を一息に刺すなんて芸当は並みの人間にできるはずもない。まず奈美恵の殺しとお夏の一件は同じ下手人の仕業とみてよかろう」

と居眠り猫が言い、

「その他にはわしの記憶にある類似の事件はない。何年も前となると調べるのに時間がかかる」

と政次に告げた。

「ただ今の段階では、この深川の事件が洗い出されただけで大きな進展かと思います」

政次は猫村重平に丁重に頭を下げた。

二

半刻後、政次は与力同心が多く棲《す》む八丁堀の一角、北島町に外科医、本道《ほんどう》の看板を掲げる医師里村李庵と対面していた。

付き添いは寺坂毅一郎だけだ。

八百亀と弥一は金座裏に戻らせ、八百亀に新展開を宗五郎に告げるように命じていた。

「おや、北町のお歴々がなんじゃな」

検視医もそれぞれ南町、北町と分かれて担当していた。お互いの情報が医師を通じて漏れることを防ぐためだ。むろん月番に起こった事件は非番月の奉行所に書付として知らされた。だが、書付には微妙な情報や検視の詳細は記さない。

南北両奉行所で江戸町奉行所を構成しているとはいえ、お互いに競争意識や縄張り意識があったためだ。

「里村先生、昨秋、深川の吉永町材木置き場で発見された久世家奉公のお女中奈美恵についてその後、進展がございましたでしょうか」

と政次が聞いた。

「金座裏の若親分、私は南町の同心ではないぞ。なにが知りたい」

南町奉行所付きの里村には政次の問いを、

「答えられぬ」

の一言で突っぱねることもできた。だが、金流しの看板は里村にとっても無視できないことだった。

政次も正直に願おうと寺坂と話し合ってきていた。だから、

「昨夜の宝引きの最中の殺し」

の経緯を告げた。

これで南町にお夏殺しの情報が伝わるのは知れていた。

もしこの下手人が奈美恵、お夏の二人を手掛けているとしたら、三人目の犠牲者が出る可能性が大いに考えられた。

南町だ、北町奉行所だと張り合っている場合ではない、と政次と寺坂は判断した。ために宗五郎にも相談なく寺坂と二人して里村を訪ねたのだ。

「なんと、あやつがまた殺しを重ねたか」

里村李庵が驚きというより得心したという声音で答えた。

「あの一件、奇妙な事件でな、見目麗《みめうるわ》しい娘を襲い、体を汚してはおらなんだ。また、

懐中物にも手を付けておらぬ。ただ殺しただけだ。そこで南町ではあの娘の周りを徹底的に探ったようだが、娘に憎しみを抱くような人物が見当たらなかった。奈美恵は去年末をもって奉公を辞し、新右衛門町の小間物問屋の摂津屋《せっつや》半兵衛《はんべえ》の倅と祝言《しゅうげん》をするはずであった。むろん倅の昭一郎《しょういちろう》も調べられようとしたが、御用で上方《かみがた》に番頭といっしょに行っており、捜査の対象から外された」

「どうやら二つの事件は同じ者の仕業のようでございますな」

寺坂が初めて口を挟んだ。

「盆の窪を刺して殺しておいて、ぐりぐりと抉《えぐ》るなど残虐なことを、だれかれもがなすものか。こやつ、危険極まりない人間じゃぞ。一刻でも早くお縄にせぬと、これが世間に知られたら、娘の一人歩きなどできなくなる」

「刺し殺したあと、針をぐりぐりと抉っておりましたか」

「おう、なにか体を痛めつけるのを楽しむようにな。そちらの一件はそのような跡はなかったか」

「ございませんでした。なにしろ隣座敷に魚河岸の連中など二十人近くが控えておりましたゆえ」

「そうか、料理茶屋の座敷で隣に人がおっては、そのようなこともできまいな。だが、こやつ、そんな危険な状況の中での殺しに快楽を感じておるのではないか。いささか尋常ではない性癖の持ち主とみた。その上だ、そこまで危険を犯し、なぜ体を汚さぬのか」

と里村が首を傾《かし》げた。

「里村様、奈美恵の体付きはどうでございますな。身丈はどれほどで太っておるか痩《や》せておるか」

「丈は髷を入れて五尺二寸五分（約百五十九センチ）、まだ娘々した痩せた体付きでな、愛らしい顔立ちであったのは間違いない。そちらはどうだ」

「里村様、お夏もほぼ身丈は同じ、細身のしなやかな体付きの娘にございました」

「下手人が狙う相手にも共通のものがあるか」

さようで、と政次は頷いた。しばし政次は沈思したのち、尋ねた。

「里村様、大いに参考になりました。深川の事件では下手人はなんぞ遺留品を残しておりませぬか」

里村は政次の問いに沈黙した。

「差し障りがあれば、この問いは忘れてくださいまし」

「うーむ、金座裏の若親分にそう丁寧にいわれるとな、わしも黙っておれぬ。またこの事件、南だ、北だと手柄争いしているものでもない。とはいえ、わしが勝手に喋ったとなれば南町でお叱《しか》りを受けよう。すまぬが、これはわしの独り言と思うてくれぬか」

「畏まりました」

「そう、八つ折にした手拭いが娘の亡骸の下にあった、ただ一つの遺留品だ。歌舞伎の図柄でな、どこぞからの貰《もら》いものと思える。はっきりしていたのは平松町の染物屋大野屋《おおのや》の屋号が入っていたことだ」

「ありがとうございます。李庵先生の申されるとおり、この事件、南も北もございません。三人目の犠牲者を出したら、江戸町奉行所がそやつに屈したことになります。寺坂様のお許しを得ております、私どもがもたらした一件、どうか南町にお伝え下されし」

　と政次は願った。

「まったく若親分がいうとおりだ。こいつは南北両奉行所が相助《あい》けて、奴を召し捕らねばなるまい」

　と里村李庵も答えていた。

寺坂と別れた政次は平松町に回り、染物屋の大野屋を訪ねた。

「おや、政次さんじゃないか」

と大野屋の女将のお富《とみ》が声をかけてきた。

大野屋は帳場格子から女将のお富が店じゅうに睨《にら》みを利かせている店として有名だった。その傍らには浴衣《ゆかた》の紙見本がちらばっていて、すでに夏の仕度が始まっていた。

政次は松坂屋時代から付き合いがあり、お互いが承知していた。

「女将さんの知恵を借りにきましたので」

「おや、いま売り出しの金座裏の若親分から知恵を貸せですと。いささか身が引けるね。なんですね」

「これを見てほしいのです」

と政次は手拭いを懐から出した。

「その手拭いはうちのじゃないよ」

お富は政次の持つ手拭いをひと目で見極めた。

「いえ、これじゃないんでございましてね」

政次が手拭いを広げ、お夏が必死で食い破った口を塞いだ手拭いの一部、わずか二寸余りの端《は》切《ぎ》れを見せた。

「またこれはなんですね」

「ここに角印の一部が見えませんか」

「どれどれ」

政次から手拭いごととって行灯《あんどん》の灯《あか》りに近付けて見ていたお富が顔を奥に向け直して、

「芳《よし》さん、ちょいと」

と大野屋の職人頭の芳三郎《よしさぶろう》を呼んだ。

政次とも知り合いの仲だ。

「若親分、いらっしゃい」

と初老の職人頭が挨拶して、お富の差し出す手拭いに目を落とした。

「この角印はうちのですね」

と即座に言い切った。本来なれば角印の囲みの中に、

「平松町
大野屋」

と六文字が染め込まれてあるはずのものだ。仔細《しさい》に見れば囲みの内側に屋の字の下の部分が残っていた。

「だいぶ使い込んだ手拭いだが、染めがうち特有のものでしてね、使い込めば使い込むほど藍がいい風合いになる」

「この手拭い、だれの註文《ちゅうもん》か分かりますか」

「うちの角印とは言い切れるがこれだけではね、ちゃんとあたりを付けるのは無理ですね」

　芳三郎が困った顔をした。

「若親分、この手拭いがどうしたんですね」

「事情を話します。しばらく女将さんと芳さんの胸に仕舞っておいてくれませんか。人の命に関わることなんですよ」

「分かりました」

お富が即答し、芳三郎が頷いた。そこで政次は掻《か》い摘《つま》んでお夏殺しと、先ほど聞いたばかりの、四月前の奈美恵殺しを告げた。

「ああ、あの騒ぎ。たしかにうちの手拭いが殺されたお女中の側《そば》に落ちていたそうな。そうすると、この手拭いも」

「柳橋の若い芸者が口を塞がれたとき、必死で食い破った手拭いの一部です」

「驚きました。娘でも必死の折は、うちの手拭いを食いちぎる力をしめすものなんですね、驚きました」

と芳三郎が答え、

「深川の一件の手拭いは歌舞伎役者の嵐山好三郎《あらしやまこうざぶろう》さんが襲名披露の折、贔屓筋《ひいきすじ》に配った三百本の一つなんですよ。一年も前のことでしたね」

と言い足した。

嵐山好三郎は大看板の千両役者ではない中堅の役者で、芸達者として知られていた。

「深川の下手人が使った手拭いも、こちらのもので間違いないですね」

「間違いございません。ですが、こいつは嵐山丈註文の手拭いではありませんね、あの手拭いは全体に染色がかかっておりました、この端切れは白地です。しかし、どうして二本ともうちの手拭いを使ったか。下手人がわざわざうちの手拭いにこだわりをもつ理由が分かりません」

芳三郎が首を捻《ひね》った。

「大いに参考になりました。女将さん、芳さん、最前の件、宜《よろ》しく願います」

と念を押した政次は大野屋の上がり框《がまち》から立ち上がった。

政次が大野屋から金座裏に戻ってきたとき、すでに夕暮れの刻限であった。途中渡った日本橋ではふだんとは違い、若い奉公人たちが嬉《うれ》しげに往来していた。御用で渡る橋と藪入りの折の橋では下駄や草履の音の響きまでが違って聞こえた。

すでに探索に出ていた手先たちも全員が揃《そろ》い、居間に続く広間に手先が居流れて宗五郎にそれぞれの組の者が探索の結果を報告していた。

政次が一同に一揖《いちゆう》すると、

「おう戻ったか」

とだんご屋の三喜松《みきまつ》の報告を受けていた宗五郎が政次を迎えた。

「猫村様の知恵を借りにいったそうだな。いい機転だったぞ、政次」

とさらに言い足した。

「親分に相談もなく先走りました」

「いや、こたびの一件は急ぎ御用だ、いい判断だ」

「寺坂様のご指示にございます」

うむと頷いた宗五郎が、

「三喜松、正太《しょうた》、常丸《つねまる》ら、三組に分かれて昨夜の百川の客や奉公人を念のために調べた。だが、お夏を殺す動機を持っている者はだれ一人いねえ。ただ今のところ八百亀が北町奉行所の居眠り猫様から聞かされてきた南町の一件だけが大きな収穫だ。こいつは八百亀からおれだけが報告を受けていて、みんなはまだ知らない。おめえから三喜松たちに説明してくれまいか」

と政次に命じた。

首肯《しゅこう》した政次は、八百亀を始め手先たちと向き合うように座り、

「お夏殺しと類似した事件を南町が扱っていたのです」

と前置きして、深川の吉永町材木置き場に放置されていた屋敷奉公の若い娘奈美恵の一件を告げた。

「なんだって、お夏を殺した野郎は四か月前にもそんな殺しを働いてやがったか。すると若親分、こいつはお夏ちゃんだけでは済まないで三人目も狙《ねら》うってか」

と亮吉《りょうきち》が先回りして結論を急いだ。

「亮吉、最後まで話を聞いてくれないか。猫村様の知恵を借りたあと、寺坂様に同道してもらって深川吉永町の材木置き場で遺体を検視した里村李庵先生に会いましてございます」

と最後は宗五郎に話しかけると、

「里村先生は話が分かったお医師だ。知っていることを話してくれたんじゃないか」

「いかにもさようで、この一件は南町だ、北町だと手柄を競う話ではない。三人目の

犠牲者を出さないことが大事と、あれこれ話してくれました。その中でお夏殺しと共通することがいくつかあります。もう皆も承知のことですが、繰り返します。一つ目は盆の窪を細針で抉っていること、深川のほうは刺殺したあとに細針を抜かずぐりぐりと抉っているのです」

「野郎、そんないびつな楽しみをしやがったか。そうか深川吉永町の材木置き場となれば人目もねえや。下手人め、そんないたずらまでしのけたか」

と宗五郎が呟いた。

「里村先生も下手人の尋常ではない性癖を指摘しておられました。二つ目は手拭いです。深川では下手人が手拭いを奈美恵というお女中の遺体の下に置き忘れておりまして、その手拭いは平松町大野屋が染めたものと分かりました。そこで里村先生を訪ねたあと、平松町に回り、大野屋を訪ねますと、深川の遺留品の手拭いは歌舞伎役者の嵐山好三郎丈が襲名披露の際に贔屓筋に配った三百本の一本で、それが一年前のことだそうです」

「ほう、一年前の三百本の一つを絞り出すとなると大変だな」

「いかにもさようです。ついでにお夏が執念で食いちぎった手拭いの一部を大野屋で見せますと、こちらも大野屋の染めというのが、平松町大野屋の六文字二行を囲んだ角印の染めとかたちで分かりました」

「若親分、下手人は深川でも大横丁でも大野屋の手拭いを犯行に使ったということですかえ」

と八百亀が訊《き》く。

「八百亀の兄さん、いかにもさようです。ただし、深川のほうの手拭いはまだそう使い込んだ手拭いではなかったそうな。ところがお夏のほうはかなり水を潜《くぐ》った手拭いで藍色が薄れているそうです。でも大野屋の藍はよその染屋と違い、独特の風合いが出るのと、最前説明した角印の一部で大野屋が染めたものと分かりました」

「下手人は大野屋の染めた手拭いにこだわりをもつ野郎か」

「親分、偶然とは考えられませんか」

「いや、異常な性癖を持つ下手人と考えると、狙う相手の娘の好み、殺し方、持ち物、それにあれこれにこだわりをもっていると思える。大野屋のものをふだんから使っている者かもしれないな」

親分の指摘に政次が頷いた。

「明日からの探索だが、百川の客や奉公人を調べることはいったん止《や》めようではないか。政次の指揮で嵐山好三郎丈が手拭いを配った先のご贔屓筋の名簿が手に入るといいんだがな、役者にとってご贔屓筋は命以上に大切なものだろうよ。だが、こちらは人の命がかかっている、なんとしても手に入れたいな」

「親分、嵐山好三郎は、市村座《いちむらざ》の正月芝居に出ているぜ」

と芝居好きのだんご屋の三喜松が言い出した。

「今日は藪入りで大勢芝居小屋に詰めかけていよう」

「親分が神輿《みこし》を上げなさるか」

と八百亀が従う気持ちで腰を上げかけた。

「八百亀、おめえたちは明日から江戸じゅうを駆け回ることになりそうだ。ここは隠居爺に任せねえ。市村座の頭取《とうどり》に正月の挨拶にいくのだ、政次、おめえがおれの供をしねえ」

と命じた。

宗五郎と政次が格子戸を出ると、弥一が提灯を持って控えていた。

「弥一、提灯持ちで従おうってか」

「見習いはなんでも修業だって旦那の源太《げんた》親方の教えに従っているだけですよ」

「旦那め、あれであれこれと案じておめえを金座裏に送り込んできたか。腹も空《す》いてようが、旦那の言葉を有り難くおれたちもうけようか」

と宗五郎が弥一の供を許した。

「弥一、このことをだれかに言い残してきましたか」

「はい、若親分。しほさんにこっそりと」

「しほにね、しほがなにか言いましたか」

「よう気が付かれましたって、帰ったらおみおつけに卵を落としてあげるからって。おれ、大根の千切りの味噌汁に半熟の卵が入ったのが大好きなんです」

「ふっふっふ、千切りに卵な」

と宗五郎が笑った。

金座裏から駿河町、瀬戸物町と大川に向かって下り、魚河岸の東側の堀留《ほりどめ》に架かる中之橋を渡り、小網町から堀江町を横断して、新材木町に出た。堀端を日本橋川に三《み》筋《すじ》ほどいくと、芝居小屋が並ぶ葭《よし》町、堺町の二丁町《にちようまち》だ。

宗五郎と政次が弥一の供で市村座の前に出たころには、芝居見物を終えた客たちで周辺の料理茶屋が賑わっていた。

三

市村座の頭取部屋には打ち上げた芝居の余韻《よいん》が漂い、次から次に役者たちが挨拶にきて、頭取の市村志楽《しらく》から大入袋を頂戴していた。

「金座裏、藪入り初日に御用とはなんですね」

役者の挨拶が途切れたときに市村頭取が宗五郎にいった。

「ちょいと厄介なたのみだ。頭取、人の命がかかっていることだ、助けてはくれまいか」

「人の命ですと、なんですね、仔細に話してくれませんか」

「仔細に話せればいいんだがね。頭取、いささか差し障りがあるのだ。だが、たのみごとを前になにも話せないじゃ、おまえさんも応じられまい。ぎりぎりのところを話すから、しばらくわっしが話したことは頭取の胸に仕舞っておいてくれませんかえ」

「金座裏、話してみなせえ」

四か月前、殺されて深川の材木置き場で遺体で見つかった久世家下屋敷の若い女中の体の下に手拭いが残されていたことを宗五郎は告げた。

「ああ、あの話ですか。南町奉行所の定廻り同心が権柄《けんぺい》づくで嵐山好三郎が襲名時にに言ったように、まあ、なにしろ南町の御番所の…


配った手拭いが骸《むくろ》の側で見つかった。さあ、贔屓の名をすべて教えろ、と脅すように言いやがったがね。だが、役者にとってご贔屓は命の次に大事なものだ。そこでわっしの知恵でね、好三郎の贔屓筋に御目付相良《さがら》様がおられることをよいことに相良様に相談して、南町奉行所に掛け合い、贔屓筋の名をだすことを拒んだことがございましたよ。金座裏でもそれを願いなさるか」

　市村は困惑の表情を見せ、言った。

「あの騒ぎ、下手人が捕まったのではないので」

「頭取、わっしらもこの一件はつい最近知ったのだ。なにしろ南町の月番の折、深川で起こったことだ。縄張り外のことだからね」

「ならば、うっちゃっとくがいいや、金座裏」

　と市村志楽があっさりと言った。

「それがさ、そうも言ってられないことが起こったんだ」

　宗五郎が大横丁の料理茶屋百川の座敷で起こった芸者殺しを掻い摘んで告げた。

「なんですって、宝引きの景品が芸者の亡骸にすり替わっていたって。魚河岸とい組の連中はとんだとばっちりをこうむったものだね。金座裏の、この芸者殺しと先の久世様のお女中殺しは同じ下手人といわれますので」

「あらゆる点からみて、まず間違いない。このような殺し方は心に病を負った者の仕業が多い、殺しだけに快楽を求めてやがる。一番目の殺しから四月、もし三番目の殺しが起こるとするならば、だんだんと間が詰まってくると考えられる。それが心の病を持った下手人の気持ちなんですよ。頭取、贔屓筋の名前をわっしらに見せるのは嵐山好三郎さんにとって、役者生命の浮沈にかかわる大事とわっしらも重々承知している。それでも、わっしらは三人目の娘の命を奪われないように、下手人をなんとしても突き止めねばならないんだ。手拭いは下手人が残したわずかな遺留品なんだよ、頭取」

宗五郎は切々と訴えた。

「金座裏、えらいことを持ち込んでこられたな。おまえさん方の苦衷《くちゆう》も分かるがね、こっちもこっちで困ったよ」

「昨夜の芸者殺しの手口、南町奉行所にも通っている。ということは南町では、こんどこそおまえさん方に手きびしく手拭いの名簿をだせと言ってくるはずだ。二人の娘が殺された事件の鍵《かぎ》だ。こんどばかりはそいつを拒むわけにはいくまいと思うがね」

市村志楽が腕組みして思案していたが、

「だれか、嵐山好三郎を呼んでおくれ」

と頭取部屋の外に声をかけた。

すでに化粧を落とし、帰り仕度の嵐山好三郎が、

「頭取、お呼びですか」

と暖簾《のれん》の間から顔を出し、金座裏の二人がいるのを見て、

「おや、金座裏が私に御用で」

と呟いた。

市村頭取は好三郎に部屋に入るように目顔で招き、言った。

「好三郎、過日、南町の一件だがね、あの下手人は未《ま》だ捕まってなくてさ、昨夜、二人目の娘が犠牲になったんだとさ。殺されたのは柳橋芸者でしたね、親分さん」

「小夏って若い芸者が二人目の犠牲者だ。この娘にもなんの落ち度もない、それが十九歳の身空で殺された」

「なんてことが。親分さん、私、小夏ちゃんを知ってますよ。どなたでしたか、ご贔屓に呼ばれたとき、陽気な芸者さんが呼ばれてきて意気投合したんです、それが小夏ちゃんでした」

「そうか、おまえさんは小夏を承知でしたか。だれからも好かれる芸者さんだったそうだね。その娘が邪《よこしま》な下手人の毒牙《どくが》にかかって、あたら十九歳の命を失ったんだ」

好三郎が市村志楽を見た。

「わたしゃ、おまえさん次第だよ。先に話を持ってきた南町奉行所にするも、金座裏にするも、あるいはこの前のように拒めるところまで拒み通すか」

「頭取、南町のいけ好かない同心に渡すくらいなら、金座裏にお願いしますよ。でも金座裏にお願いがございます、できるかぎりご贔屓筋に迷惑が掛からない方策を立ててお調べ頂きとうございます。芝居じゃあるまいし、二人の娘の命があっさりと奪われたなんて、許せるものではありません」

と好三郎が言い切り、宗五郎と政次が頭を下げて、

「好三郎さんや、おまえさんの大事なご贔屓に不愉快な思いをさせることだけは避けるよ、約束しよう」

「ならば襲名披露で手拭いを配った先を書きつけた帳面を持ってきます」

と嵐山好三郎が立ち上がった。

金座裏に三人が戻ったのは五つ半（午後九時）過ぎのことだった。この騒ぎが解決するまで八百亀ら通いの者も泊まり込みの心積もりでいたから、

「親分、帰る」

の報に二階から下りてこようとした。それを八百亀が、

「おめえらに話があるときは呼ぶから」

と押し止《とど》めた。

戻ってきた宗五郎、政次は居間に落ち付き、提灯持ちで同道した弥一に、

「弥一、腹が空いたろう。ささっ、台所にいきな、おまえの好きな卵入りのおみおつけも温まっているよ」

おみつが台所に押しやり、親分と若親分には、しほが熱燗《あつかん》の酒を運んできた。

「最前、八百亀としほを連れて、お夏ちゃんの通夜に行ってきたよ。あの娘はほんとうに界隈で好かれていたんだね。大勢の人が通夜に来てね、数えきれないくらいさ」

とおみつが報告した。

「おれもあんな通夜は見たこともねえ、い組の頭も魚河岸の旦那衆も姿を見せてさ。通夜に威勢がいいもないもんだが、い組の連中が長屋の前でお夏が好きだった木遣《きや》りを歌ったときには、おれ、涙が出てきて止めようがねえ。おれも齢《とし》かねえ」

「八百亀ばかりじゃないさ。あんな気立てのいい娘が死んだんだ。私もしほも泣いたよ」

「おれと政次は明日の弔いに顔をだそう」

と宗五郎が言い、

「通夜の客に変わった野郎は混じってなかったか」

宗五郎が八百亀に確かめたのはそのことだ。

「おれもそれを気にしてさ、常丸たちに気を配れと命じていたんだが、だれもが顔見知り、そんな野郎は見かけなかったよ」

下手人は往々にして殺しの現場や自らが手がけた人間の葬送の場に姿を見せることがあった。

八百亀の返答に宗五郎が頷き、懐に手を入れた。

「八百亀、嵐山好三郎が手拭いを配った贔屓筋の名簿だ」

と嵐山好三郎自らが久慈《くじ》紙を半分に切って綴《と》じた御贔屓帳を八百亀に手渡し、

「おれも政次もまだ中を見る暇がなかった。好三郎は自分の役者生命をかけて、金座裏に預けたんだ。こいつが他に流れるようなことがあってはならねえ」

「だがよ、南町はこいつがうちにあると知ったら、やいのやいの言ってこねえか」

と八百亀がそのことを案じた。

「言ってこような。そのときまでに下手人を絞り込んで、なんの関わりもないご贔屓筋に迷惑がかからないようにしなきゃあなるめえ。まず、おめえがざっと目を通せ」

畏まった八百亀が御贔屓帳を開き、

「なんとも几帳面《きちょうめん》な役者さんだね。これまで贔屓から頂戴した金子《きんす》や品と、自分が盆暮れに配った手拭い、扇子、大入り袋など一切合財を事細かに記していますぜ」

と感嘆の声を上げた。

宗五郎の杯に政次が酒を注《つ》いだ。だが、政次は自らの杯には酒を注がなかった。それを見た宗五郎が、

「今宵はお夏の通夜だ。一杯飲んでお浄めして、あの世に送ってやれ」

と燗徳利を手にして政次の杯に酒を注いだ。

宗五郎と政次はそれぞれの感慨を胸に燗酒を口にした。

「へえ、こいつはこいつは」

しばらく黙読していた八百亀が呟き、

「親分、いささか気になる名前がございますぜ」

「ほう、だれだえ」

「信州上田藩松平様家中の江戸家老沖津《おきつ》仁左衛門《にざえもん》様だ、どうやらご家老様は渋い芸の嵐山好三郎が長年の贔屓のようで、あれこれと記されてますな。親分、こたびの一件、松平家中の名があちらこちらに顔を出しませんかえ。お夏が殺された夜、同じ百川の

離れ座敷で内談していたのは松平家用人伊藤《いとう》様ら三人、さらにはお夏が最初にだれぞに見張られていると感じた正月四日の座敷もまた松平様重臣方の新年の宴にございましたな」

「いかにもさようだ。たまさかにしても気になるな」

と宗五郎が杯を片手にしばらく思案していたが、

「伊藤用人から四日の新年の宴に出席した者の名簿が出されないのも嫌な感じだぜ」

「もしだよ、松平様家中になんぞ関わりがあるとしたら、下手人が柳橋界隈の人気芸者小夏を知っていたとしても不思議ではございますまい。また松平家がしばしば百川を使うとなれば、料理茶屋の様子を承知していてもなんの不思議ではねえ」

「いかにもいやな感じがするな。だがな、八百亀、お夏殺しは百川といい、柳橋といい、松平家馴染みの土地柄といってよかろう。だが、四月前の久世家のお女中殺しは川向こうの深川だぜ。となると松平様の関わりばかりとも言い切れまい」

と宗五郎が八百亀に言った。

「たしかに二つの殺しは大川をはさんで離れてますな」

と八百亀が首を捻った。

「親分、八百亀の兄さん、松平様の下屋敷が小名木《おなぎ》川と横川の南西側にあるのをお忘れですよ。あの屋敷からなら吉永町の材木置き場はすぐそばです」

あっ、と八百亀が声を上げた。

政次の声音は前からそのことが胸にあったという感じに宗五郎にも八百亀にも響いた。

「若親分、いかにもさようだ。となると上屋敷の者が下屋敷の界隈を知っていたとしても不思議ではねえ。こいつは松平様の関わりの者の仕業という疑いが一段と濃くならないかえ、親分」

うむ、と答えた宗五郎がまた沈思した。

「たしかに、たまさかが重なるとそれなりの意味は持ってくる。だが、相手は譜代《ふだい》大名信州上田藩松平家だ、当代はたしか忠済《ただまさ》様だったな。娘殺しの嫌疑をかけるには慎重の上にも慎重を期さねばなるまいぜ」

「松平家中に尋ねるのは早いというのかえ、親分」

「そうじゃねえ、八百亀。こっちも肚《はら》を括《くく》っていくしかねえと言っているのさ。町屋ならばこれから押しかけるところだが、相手が相手だ。明朝、おれと政次で出向こう」

と宗五郎が二人に言った。

政次が首肯し、八百亀が、

「他の贔屓筋をわっしらはあたるかね」

「八百亀、嵐山好三郎のてまえもある。おれと政次の帰りを待ってくれ」

と宗五郎が願った。

金座裏の格子戸が押し開かれる音がした。

藪入りの夜だ、なにか異変が起こったか。宗五郎らは表を気にした。

「ご免下さいな」

と女の声がして、

「椿屋の女将さんだ」

と玄関座敷から亮吉が応じる声がした。

政次が即座に立ち、玄関へと向かった。

「通夜の夜にお夏のいた置屋の女将が金座裏に顔を見せるなんて、親分、心当たりあるかえ」

「さあて思いつくこともない」

しほが居間を大慌てに片付け、おみつの声が玄関先に響いた。

「お香さん、お浄《きよ》めの塩ですよ」

おみつが言ったところを見ると椿屋の女将はお夏の通夜帰りなのだろう。

「おみつさん、夜分遅くすいませんね」

「藪入りの宵です。うちじゃ、寝ずの番をおくくらいでね、御用聞きの家に夜も昼もございません。ささっ、座敷に通って下さいな」

おみつと政次に案内されて数珠《じゅず》を持ったお香が金座裏の居間に姿を見せた。そして、大きな神棚を見ると数珠を帯の間に差し込み、ぽんぽんと柏手を打った。

「こんなことでもなければ金座裏の奥の宮に上がらせてもらえませんものね」

と言いながら、お香が三方《さんぽう》の上の金流しの十手と銀のなえしを見た。

「通夜の帰りのようですね、女将さん」

おみつが差し出した座布団に座るお香に八百亀が言葉をかけ、

「なんぞうちに立ち寄る御用が生じましたかえ」

「八百亀の兄さん、鼻をひくつかせても御用の筋ではないよ」

とお香が金座裏の番頭格の手先をいなした。

「いえ、わっしも御用とはいうておりませんぜ」

「こちらも客商売、八百亀が考えていることなんてお見通しさ」

と笑ったお香が宗五郎に視線を向けた。

「いえね、親分さん、ご一統さん、私が小夏に別れをして木戸口に戻ったと思うて下さいな。そこへ小夏の末の妹が追いかけてきましてね、表まで送るというのですよ」

「ほう、お冬がね」

「あの娘、見れば見るほどうちに来た当初の小夏に生き写しでしてね。通夜の席で客を迎えているのを見たとき、わたしゃ、ぞくりとしましたよ。まるで小夏がその場にいるようでね」

というところにしほが茶を運んできた。

「女将さん、お茶より酒がいいかね」

「おみつさん、酒よりお茶のほうがなんぼかいいよ。男衆はなんであぁ酒を飲むかね。もっとも酒を飲んでくれなきゃあ、うちの商売は成り立ちませんがね」

と話が横道にそれた。が、お香はすぐに話をもとへ戻した。

「お冬ちゃんは私にね、いきなり、お夏姉ちゃんの代わりに私を芸者にして下さい、椿屋から出して下さいと頭を下げたんですよ」

「なんだって！　姉の通夜に妹のお冬が芸者に出たいと掛け合いですかえ、女将さん」

「その通りだよ、八百亀」

「お冬ちゃんは、お父っつあんやおっ母さんの許しを得てのことかしら」

しほがそのことを案じた。

「むろん私も聞きましたさ。親御にはまだ話してない、だけど私は決めた。姉ちゃんの弔いが終わったら椿屋に参ります、雇って下さい、姉ちゃんの代わりを務めますと、きっぱりとした口調なんですよ。私も戸惑うやら、これがほんとうなれば、どれほど助かるやらと商売のことを考えたりね、思案がつかないのでこちらにお邪魔したってわけですよ、ご一統さん」

お香が一座を見回し、茶碗を手にした。

「久吉さんは腕のいい染めの職人だ。手間賃だって結構なはずだ。真ん中の娘も魚河岸で奉公している。あの一家、金には困ってねえはずだがな」

「八百亀、お冬ちゃんの決心は金子ではないと思うね」

「ではなんだい、女将さん」

「それなんだよ、私がこちらに来たほんとうの理由はさ」

「ふーむ、分からねえ」

と八百亀が洩《も》らし、お香が、

「私の推量があたってなければいいのだけどね」

「女将さんは、お冬ちゃんがお夏さんの仇《かたき》を討ちたくて芸者になろうと決心されたとお考えになった」

「しほさん、そのとおりさ。私の考え過ぎかね。ご一統さん」

一座に沈黙が漂った。最初に口を開いたのは八百亀だ。

「そ、そんなことが」

「八百亀、女ふたりの勘だ。あたっているかもしれないぜ」

と宗五郎が言い、政次も頷いた。

「それにしてもお冬は、お夏を殺した下手人が三人目を、いやさ、お冬は深川で殺された久世家のお女中のことを知らないはずだ。それでも下手人が姉殺しでは満足してねえとどうして推量したか、娘の勘かね、謎だねえ」

と宗五郎が洩らした。

四

翌朝五つ（午前八時）の刻限、金座裏の九代目宗五郎と十代目になる政次は、浅草御蔵前通りに表門を構える信州上田藩松平家の表用人部屋に伊藤万五郎《まんごろう》を訪ねていた。

訪《おとな》いを告げると御用部屋までには招じ上げられたが、伊藤万五郎はなかなか姿を見せなかった。それでも四半刻（約三十分）も待ったとき、せかせかした足音がして、伊藤表用人が姿を見せた。

宗五郎は隣座敷に人が入室した気配を感じた。伊藤表用人と宗五郎の会話を伊藤とは別の人物が聞こうとしていた。むろん伊藤も承知のことだ。

「金座裏、未《いま》だ芸者殺しの下手人は捕まらぬか」

「騒ぎが起こって三日目にございますよ。そう簡単に捕まる相手ではございません」

「ということは正月四日、百川で催された宴の出席者の名が要るというか」

「できますれば」

「なぜ町方にそのようなことを伝えねばならぬと憤る者もいてな、できることなれば出したくはないのだが、だめか」

伊藤表用人はきびしい顔で抵抗した。

「伊藤様にそう仰《おお》せられればわっしらは黙って引き下がるしかございません。町方は大名家になんの力も及ばないのでございますからな」

宗五郎が言ったが、すぐに引き下がる様子はなかった。

しばし双方で無言の圧力の掛け合いがあった。耐えられないほどの沈黙の時が流れ、

えへん

と伊藤表用人が空咳《からぜき》をして辞去を促した。

宗五郎が致し方ないという顔で政次を見たとき、

「伊藤様、小夏なる芸者が百川で殺されたときのことでございます。伊藤様方はご家中のお二人と内談を為されていたとお聞き致しました」

「それは殺しに関わりないゆえ聞くなと申したぞ」

「殺しに関わりがないことなればお話し願えませぬか。金座裏は家光様お許しの金流しの十手の看板の威光だけで九代、十代と続いてきたのではございません。要らざることは胸に仕舞い、決して表に出す行いをしなかったがゆえに、どちら様にも信用を得てきたのでございます。この場にあるのは宗五郎とその跡継ぎの政次にございます」

政次が伊藤万五郎をひたっと見ながら説得するように言った。

「うーむ」

伊藤表用人が思わず唸《うな》った。

「どうなされました、伊藤様。政次が申すことに一言《いちごん》半句の間違いもございません。ご家中になんぞ困ったことが生じており、なんぞわっしらの力が要るなれば、金座裏、手伝えと申し付け願えませぬか。決して上田藩松平家に悪いようには致しませぬ」

宗五郎も政次の言葉を助けるように言い足した。

二人が話し合ってのことではなかった。まさか政次がこの場で伊藤らが料理茶屋で内談していた事実に言及するとは思ってもみなかった宗五郎だった。だが、その言葉を聞いたときの伊藤表用人の顔に明らかに動揺が表れ、そのあと険しさを増したことに気付かされたのだ。

(なにかある)

御用聞きの勘だった。

「困ったのう」

と呟いた伊藤表用人が、

「宗五郎、しばし中座致す。そなたら、しばらく待て」

と命じたあと、御用部屋から姿を消した。

「なんぞ思い当たることがあるのでございましょうか」

「さあてな、待つしかあるまい」

宗五郎と政次がそのまま半刻ほど待たされたあと、伊藤表用人が再び二人の前に姿を見せた。座る前に、

「ご家老の沖津仁左衛門様の格別のお計らいでな、こたびばかりは金座裏の頼みを聞き届けようと申された。これが四日の新年の宴の出席者と供待ち部屋にいた七人の名だ」

と二つ折した紙を伊藤表用人が宗五郎の前に差し出した。

そのとき、政次はいったん消えていた隣座敷の人の気配が再びあることを察知していた。

「表用人伊藤様のご苦労、忘れるこっちゃございません。拝見させてもらいます」

と宗五郎が二つ折の紙を開いた。

そこには百川の新年の集いに出た二十人ほどの役職と姓名が記されてあった。

曰《いわ》く、

江戸家老　沖津仁左衛門

中老　大垣直恒

表用人　伊藤万五郎

物頭　篠村一蔵……

と上田藩松平家江戸屋敷の重臣の名があった。二枚目はこの二十人に従い、宴が終わるのを百川の供待ち部屋で待っていた下士など七人だ。

「それでよいか」

「伊藤様、真に有難うございます。さぞご心労であったろうと宗五郎、恐縮至極にございます」

と宗五郎が礼を述べ、

「江戸家老の沖津様は歌舞伎好きと伺いましたが、さようにございますか」

と話柄《わへい》を変えた。

「芝居好きは先代のご家老仁左衛門様のほうだ。当代はお若いし、弓術の達人でな、碁がご趣味だ。歌舞伎には縁がない」

「おや、歌舞伎役者嵐山好三郎を贔屓にしておられたのは先代でしたか」

「金座裏、いかにも先代が嵐山好三郎贔屓とよう存じておるな、それがどうした」

「伊藤様、お怒りにならないで、わっしの話を聞いて貰えませんか」

「なに、まだそなたら御用が残っておるというのか」

「へえ、二つばかり」

と答えた宗五郎の返答はきっぱりとして、追及の手を緩める様子はなかった。

「ご家老がどうしたというのだ」

伊藤表用人にはさらに困惑の表情が漂い、再び顔が曇った。

「正直に申し上げます。その上でお叱りを頂戴するのは覚悟の前で本日は参上しております」

「申してみよ」

宗五郎はお夏の口に残っていた手拭いの切れ端、さらには四か月前の深川吉永町の久世家の若い女中が殺された現場に残っていた嵐山好三郎の襲名披露の手拭いの一件と、殺され方の概要を告げていた。

「なんと」

伊藤表用人の顔が引き攣《つ》り、

「そなたら、嵐山好三郎が贔屓筋に配った手拭いの一本が深川の殺しに使われたと申すか。まさか先代のご家老が貰ったものなどと言うまいな」

「正直わっしらも、どう受け止めてよいか分かりませんので」

伊藤は宗五郎の言葉を聞くと長い思案に落ちた。いや、思案というよりも迷いを吹っ切るための時を要していたと思えた。

政次は隣部屋の気配が消えたのを察していた。

「さらに最前政次が問うた伊藤様方の内談とはなにか、お聞かせ願えませぬか。それが関わりがあるのかないのか、わっしらに判断させてもらえませぬか。決してこちら様に迷惑がかかるようなことは致しませぬ」

「金座裏、わしをそう追い詰めんでくれぬか」

「伊藤様、ご家中に懸念《けねん》があるのであれば、このままでは決して済みますまい。屋敷外に洩れたとき、上田藩に却《かえ》って逆風となって見舞いませぬか」

と宗五郎がおだやかな口調で諭《さと》すように願った。

そのとき、廊下に密《ひそ》やかな足音がして、

「表用人、金座裏の二人を奥へ案内せよとの仰せです」

と若い声がした。

「ふうっ」

と大きく肩で息を吐いた伊藤が、

「金座裏、最前からの言葉に二言《にごん》はないな」

と念を押した。

「ございません」

宗五郎の返答は潔かった。

「よし、案内いたす」

伊藤表用人も覚悟を決めたように宗五郎と政次の顔を睨んで立ち上がった。

　金座裏の九代目と十代目が案内されたのは江戸家老沖津仁左衛門の御用部屋であった。それは上田藩江戸屋敷の表と奥の境に位置して、中庭に臨む一角に静かにあった。

江戸家老の他に二人の家臣が待っていた。

「金座裏の宗五郎、沖津じゃあ」

と無言の二人を前に声をかけた主は三十を二つ三つ過ぎたばかり、落ち付いた声音の武家だった。

「造作をかけるな」

「とんでもございません。わっしが九代目の宗五郎、この者が跡継ぎの政次にございます」

　と宗五郎も初対面の沖津に挨拶した。

「跡継ぎは松坂屋の奉公人であったと聞くが、さようか」

「へえ、仰《おつしや》るとおりでございます。うちに跡継ぎがいないのを案じられた古町《こまち》町人の松坂屋さんが親切にもわっしの無理を聞き届けてくれましたので」

「金座裏が看板を下ろすようでは江戸の治安に支障をきたそう」

「恐れ入ります」

「宗五郎、どこから話す」

「どこからでも構いませぬ。忌憚《きたん》のないところをお話し下さいまし」

「決して上田藩に汚名が残るようなことをしてくれるなよ」

「承《うけたまわ》りました」

沖津が念を押し、宗五郎の即答にもしばし瞑想《めいそう》して応じた。そして、両眼を見開くと静かに話し出した。

「同席の二人は過日料理茶屋百川で表用人の伊藤と内談しておった目付方伊賀神三郎《いがかみさぶろう》助《すけ》、吉川多門《きつかわたもん》である」

まず沖津は同席の二人を宗五郎らに紹介した。目付といえば上田藩の探索方というべきものだ。

「年の瀬の十六日、総出で江戸屋敷の大掃除を行う。藩主忠済様は中屋敷に移られ、その間に新年を迎えるすす払いなど大掃除を行う。例年五つの刻限に太鼓の合図とともに始まり、七つ（午後四時頃）の刻限にぴたりと終わるようにいたす。その間、九つ（正午）の昼食《ちゆうじき》も用意されていた握り飯を慌ただしく食す。昨年の大掃除は滞りなく七つ前に終わった。そのあと、部所部所で酒などが供される。その直後、奥向きの女中の姿が見えぬという話が目付方に伝わってきた。その娘、上田城下の薬種問屋の娘で行儀見習いとして江戸屋敷で奉公していたものだ。齢は十八歳、利発で見目麗しいお小夜《さよ》という者であった」

宗五郎も政次も緊張した。

「お小夜は江戸に縁戚などない。また大掃除をぬけて、ふらふらと出歩く無責任な娘ではなかったそうな。目付ではいつからお小夜の姿が見えなくなったか、調べた。すると昼食の折は朋輩《ほうばい》らと歓談しているのが確かめられておる。そのあと、掃除を終えた蔵の点検に向かったのを最後に朋輩の前からお小夜は掻き消えた」

「お小夜さんは遺体で見つかったのでございますな」

宗五郎が尋ねると、沖津が目付の伊賀神を見た。

「金座裏、そうなのだ。われら、最初は大して重きに考えなかった。それでも娘が事故にでも遭っておるのではと屋敷じゅうを探した。むろん蔵はすべて調べられた。だが、お小夜の姿は見つからぬ。お小夜が最後に見られた蔵は奥向きのお道具が納められている蔵でな、雛《ひな》人形やら五月人形、さらには奥で使われる調度品が納められている奥向き御蔵と呼ばれるものでな、念のためにそれがしと吉川が入り、調べた。すると長持ちの蓋がいささかぴたりと嵌《はま》っておらぬようで、吉川が蓋を開けるとお小夜が驚きの顔で死んでおった」

「死因は盆の窪を細針でひと刺しにございますな」

「いかにもさよう」

と伊賀神の顔が苦悶《くもん》に歪んでいた。

「口を手拭いで塞がれた痕跡《こんせき》はございませんでしたか」

と政次が問うた。

「それはない。そなたらの話を隣部屋で聞いて知った。だが、長持ちの中に手拭いなどは残されておらなかった」

「伊賀神様、お小夜さんは齢より若く見えたのではございませんか、体付きは細く、まだ大人の女になり切れてない娘であったのではございませんか」

「いかにもさようだ。奥で聞いてもお小夜の評判は実によい。奥方様にも信頼厚き娘であったそうな」

「盆の窪を刺した凶器は見つかっておりませぬな」

「見つかっておらぬ」

場に短い沈黙が漂った。

「下手人は四月前、上田藩下屋敷近くの深川吉永町の材木置き場で久世家の若いお女中、奈美恵を殺《あや》め、三か月後に当家の大掃除の慌ただしい最中に蔵に入ったお小夜さんを狙って襲い、さらに一昨夜、百川で芸者の小夏、本名夏を宝引きさわぎの中で刺殺しております。こやつの目的は物盗《ものと》りではない、娘を犯すことでもない。刺し殺す快感が狙いにございます。こやつ、わっしらが考えるに心を病んだ者にございましょう。放っておくと四人目の娘が犠牲になります。それが今日であってもおかしくございません。沖津様、この下手人が当家に関わりある者と見るのは無理がございますかな」

宗五郎の問いに沖津は無言を通した。だが、右の拳《こぶし》が袴《はかま》をぐいっと摑み、力が入っているのを宗五郎も政次も見ていた。

「沖津様、いまいちど繰り返します。わっしらの眼目は四人目の被害を出さないこと、それだけにございます。もしこちらがそやつを捕まえることにご助勢頂けるのであれば、わっしらは上田藩と松平忠済様の名が世間にも御城にも洩れぬように力のかぎりを尽くします」

と宗五郎が言い切ると、

「相分《あい》かった」

と沖津仁左衛門が即答していた。

「亡父に嵐山好三郎の襲名披露の折に配られた手拭いがわが屋敷にあるかなしか、即刻調べさせる。吉川、小姓の琢弥《たくや》とわが屋敷に参り、わが母に尋ねてみよ。決して、その事情は明かすでないぞ」

と命じて、目付の吉川多門がその場を去った。

「さて、一昨夜、伊藤が伊賀神と吉川とで内談を百川で持ったのも、お小夜殺しの一件であった。お小夜の死因は病死ということにして、遺体は塩漬けにして上田の家族に送り返した。むろん同道の人間はうちから出し、上田城下では悲しみの中にも丁重にお小夜は葬られたそうな。だがな、金座裏、それで事が決したわけでないことは、われらがとくと承知しておる」

「伊賀神様方はお小夜殺しの下手人を絞り込まれたのでございますか」

宗五郎の視線が沖津から伊賀神に向けられた。

「金座裏、新年の宴に出られた重臣方、供待ち部屋で待機していた七人の下士に疑念が生じる者は一人もおらぬ。いや、この期におよんで隠す気などない、それは分かってくれぬか」

と伊賀神は必死の表情で言い切った。

「四月前、下屋敷に使いに行った家中の方で、ひと月前の大掃除に加わっておられた人間、さらに一昨夜、百川にいなければならなかった人物が奈美恵、お小夜、お夏を殺めた下手人でございますよ」

「親分、一昨夜、百川にいた人間はそれがし、伊賀神、吉川の三人じゃぞ。われら三人の中に下手人がいると、そなたは申すか」

伊藤万五郎が顔を真っ赤にして宗五郎に激しく詰め寄った。

「いえ、伊藤様、そうではございませぬ。お小夜さん殺しの調べがどこまで進んでおるか、あの百川の内談に関心を持った家中の人間がいるとしたらどうでございますな」

「たしかにわれら三人は、お小夜殺しの探索の進展を話すために屋敷ではなく百川の座敷で内談を行った。その折にばらばらに百川に入ったほどだぞ、この伊賀神らは百川の裏口から訪れたのだ」

「その用心深さが却って下手人の注意を引いたのかもしれません」

「なんということが」

伊藤が呟き、伊賀神が歯ぎしりした。

「伊賀神、下手人の目途《めど》も付かぬのか」

と沖津が藩の目付方に詰問した。

「ご家老、いま一つ、はっきりとした証拠が摑めませぬので」

と伊賀神が苦悶の顔で答え、政次が言い出した。

「伊賀神様、こちらの中間さんのお仕着せの法被《はっぴ》は、鉄錆色に背中になでしこ模様を背負っておりませぬか」

「どうしてそれを」

政次の問いに、その場の全員が政次を見た。

「いえ、お夏さんの亡骸が長屋に戻ってきた日、私がお夏さんとお別れして三光新道に出たときのことです。藪入りの小僧さん方とは反対方向に一人歩いていく中間の姿を目に止めたものですから。あれは渡り中間の髷ではございません。永年のご奉公を示すなりにございました」

政次が答えたとき、廊下に慌ただしい足音が響いて、吉川が江戸家老の御用部屋に戻ってきた。

「吉川、これ、静かにせぬか、落ち付け！」

伊藤表用人が叱声《しっせい》を上げた。ちらりと伊藤表用人を見た吉川は、沖津に向かって座すと、

「ご家老様に申し上げます。亡き先代の集めた手拭いはすべて中間小頭《こがしら》の伊助《いすけ》に形見分けしたそうにございます」

「なにっ、伊助とな。父に可愛《かわい》がられて、芝居の供は常に伊助であったな。まさか、伊助が」

「伊助の長屋を訪ねますと金座裏が訪ねてきたことを知り、慌ただしく外出したとのことでございます」

「な、なんと、伊助は逃げ出したとな」

と伊藤表用人が呻《うめ》いた。

「ご家老、申し上げます。中間小頭伊助を不届き次第なことあり、昨年末に解雇したと屋敷じゅうに触れを回してはいかがにございますな」

「金座裏、いかにもさようだ」

と沖津がほっと安堵の表情で言い、

「伊助の長屋を見せて下さいまし」

と政次が願った。

第四話　お冬の決心

一

宗五郎《そうごろう》と政次《せいじ》は、上田藩江戸屋敷の帰りに三光新道《さんこうじんみち》に立ち寄り、お夏《なつ》の弔いに参列した。大勢の会葬者の中に八百亀《やおかめ》の姿もあったが、人前で話せる内容ではない。

三人だけになったのは金座裏《きんざうら》への戻り道だ。

「親分、お冬《ふゆ》の決心は固いらしく、明日にも椿屋《ちんや》を訪ねるそうだぜ」

八百亀がお夏の妹の決心を告げた。

「親父《おやじ》とお袋を説き伏せたか」

「親父の久吉《きゅうきち》さんとは話したようだが、久吉さんからおっ母さんには当分黙っていろ、お夏のことで頭がいっぱいなんだからと釘《くぎ》を刺されたようだ」

「お冬の決心は変わらないのだな」

「変わるとも思えねえ。あの年頃は一途《いちず》だからな」

八百亀が言い、三人は杉森《すぎのもり》新道から新材木町河岸に出て、河岸道を右に曲がった。

「八百亀、百川《ももかわ》に寄っていこうか」

「親分、なんぞ気付いたことでも確かめにいくのかえ」

「下手人が割れたんでよ、野郎がどこへ身を潜めていたか、政次が確かめていきたいそうだ」

「下手人が割れたって」

驚きの表情で八百亀が宗五郎と政次を見た。

「上田藩松平家の中間《ちゆうげん》小頭《こがしら》伊助《いすけ》って野郎だ」

と前置きした宗五郎が上田藩江戸屋敷での進展を、順を追って告げた。

「おっ魂消《たまげ》たね。松平様の中間が下手人だったとはね。それにしても若親分、よくぞお夏の長屋の帰り道に伊助に目を止めなさったね」

「そのときは、ただ藪入《やぶい》りの小僧さんや手代さんと違った動きをする中間さんだな、と思っただけですよ。人を殺《あや》めるってことは大変なことにございましょう。われら探索方が必死に追っているのです。伊助は私たちの動きを確かめたくて、三光新道に姿を見せた。また、屋敷内の目付方の探索具合を知りたくて、百川に行き、さほど探索が進んでないことを知って安堵《あんど》したのでしょう、墓穴《ぼけつ》を掘ることになった。探索の進展具合を知るだけで引き上げておけばよいものを、お夏が二階座敷に呼ばれていることを知り、奥階段から二階に上がってお夏を見ようとしたか、ともかく宝引きの座敷に近付いたんです。ところがここで思いがけないことが起こった。宝引きの景品《ほうび》にお夏が志願して、なんと景品の部屋に独りになった。この機会を逃さず、伊助はこのころ付け狙《ねら》っていたお夏を襲って欲求を満たした。だが、そのとき、必死に抵抗するお夏に手拭《てぬぐ》いを食いちぎられた。このことを伊助は承知しているでしょう、奈美恵《なみえ》殺しのときも手拭いを遺体の側《そば》に忘れてきている」

「伊助にとって手拭いは凶事だぜ。野郎、おそらく手拭いはすべて始末していましょうね」

八百亀が宗五郎を見た。

「八百亀、伊助が長年住まいしていたお長屋から手拭いは一枚も見つからなかった。沖津《おきつ》家では先代の形見分けに十数本の手拭いを伊助に渡している。それが一枚もないということは始末したとも思えるし、また沖津家の先代の厚意を捨てがたく、今も持って逃げたとも考えられる。というのはわけがある」

「ほう、わけたあ、なんだ」

「伊助が長屋に隠していたものがある。女ものの襦袢《ジュバン》や履物やあれこれだ。襦袢は殺されたお小夜《さよ》のものと分かった。ひょっとしたら、この中にお夏や奈美恵の持ち物があるかもしれねえ。伊助にとって執着してえ持ち物だろう、だが、持って逃げられなかった。ところが手拭いは残していかなかった」

「なぜだえ」

「先代の江戸家老、沖津様はなぜか伊助を可愛《かわい》がられ、芝居見物の折には必ず連れていったそうな。伊助は、流行病《はやりやまい》で二親を次々に亡くし、十一のときに深川櫓下《やぐらした》の最下等の女郎屋に引きとられている、伊助の母親の妹が女郎屋の主だそうな、年上の亭主から引き継いだというが、妹もこの家の女郎だったかもしれねえな」

「親分、となると伊助は櫓下の叔母《おば》の家に潜んでいるかね」

「十八年前の女郎屋がいまも看板を上げているかどうか知れたもんじゃあるめえ。あの稼業も浮き沈みが激しいからね。ともかくだ、伊助が桂庵《けいあん》を通じて松平家で渡り中間として奉公し始めたのが二十歳の年らしい。以来、一度たりとも実家とか縁戚の家に戻った形跡はねえそうな。叔母のことも中間仲間の一人が伊助と酒を飲んだときに洩《も》らした話だ。叔母の家に頼ったとも思えねえ。この話も松平家の目付方がお小夜の死後あれこれと探って知り得た話の一つよ」

「ふーむ、となると伊助はすでに江戸を離れたかねえ」

「政次とおれは伊助が江戸に残っていると見ている。江戸はなんたって人が多い。捕り方に追われる人間が身を隠すのに最適な場所は、人が少ない在所ではねえ、雑多の人間が大勢暮らす江戸のような都だ。口入屋《くちいれや》を通して渡り中間をやるのがいちばん伊助の性《しょう》にあっていよう」

宗五郎が八百亀に言ったとき、三人は大横丁の料理茶屋百川の門前に辿《たど》り着いていた。

政次は独りで百川の内外を丹念に調べた。宗五郎も八百亀も得心のいくまで政次の自由にさせた。二人は帳場で茶を喫しながら、政次の調べが終わるのを待った。

「親分、齢《とし》を感じるかえ」

「若い若いと思ってやってきたが、政次の動きや集中心を見ていると、いつしかこちらが鈍くなっていることに気付かされる。これが老いってやつだろうぜ。八百亀は感じねえか」

「近ごろせっかちになった、耳が遠くもなった、足腰も弱くなった、物忘れもひどい。だがな、親分、重々分かっているくせに、そんなこと認めたくねえのよ、このおれ自身がさ」

八百亀の言葉に宗五郎も苦笑いし、大福帳の整理をしている女将が誘われたように笑った。

「まあいい。おれたちにはおれたちの役目があろうじゃないか。若い奴らが困ったときに知恵をかす仕度だけはしておこうか」

「まだ金座裏に九代目やおれの力が要るかね」

「要るとも、政次らに足りないものは、おれやおめえが積み重ねてきた経験だ。それも要らねえというのなら二人して孫の世話でもするさ」

と宗五郎が苦笑いした。

「おれの親父もそんな気持ちでおれに代替わりしたのかねえ」

「八代目にそんな様子は見なかったがね」

と八百亀が言ったとき、政次が、

「女将《おかみ》さん、十分に見させて頂きました。お礼を申します」

という声が聞こえてきた。

大横丁の百川の前で政次が言い出した。

「親分、私も親分の申されるとおり、伊助が深川の叔母を頼ったとは思えません。また、十数年も前の女郎屋が櫓下にあるかどうかも知れません。噂話《うわさ》でもあれば拾ってきます」

「ならば八百亀を伴《ともな》いねえな」

と宗五郎が言い、三人は百川の前で二手に分かれた。


政次と八百亀が金座裏に戻ってきたのは日が落ちての刻限だった。すでに金座裏では手先たちが顔を揃《そろ》えていて、政次と八百亀の帰りを待っていた。

「ご苦労だったな。伊助の痕跡《こんせき》を拾えたか」

と宗五郎が膝《ひざ》から菊小僧《きくこぞう》を下ろしながら尋ねた。

「若親分の勘があたったねえ。いえ、伊助があの界隈《かいわい》に戻ったということっちゃねえよ」

八百亀が政次の報告の前口上を務めた。

「政次の勘ね、なんだえ、それは」

「親分、伊助の異常な性癖、気性にございますよ」

と政次が親分や手先たちに向かい合う長火鉢の前に座して、話し出した。

「伊助が十一の折に引き取られた叔母の女郎屋は、伊助があの界隈から姿を消した十三年前に潰《つぶ》れていました。それ以前はなかなか盛業だったそうです」

「伊助の失踪《しっそう》と関わりがあるのか」

「ええ、失踪前に叔母には一人娘がいたそうな、伊助より五つ年下で伊助は叔母とこの娘のおきちの世話をするのが役目、満足に食いものも与えられない奉公人以下の暮らしだったようです。伊助が十四、五になった折から叔母の閨《ねや》に呼び込まれて叔母の強いることをさせられていたそうな。界隈の女郎屋の男衆が覚えていました」

「伊助はそんな育ちをしていたか」

「女郎屋が潰れた十三年前の夏のことです、おきちが水死体で堀に浮かんでいるのが見付かった。前日の夕暮れの時分から行方《ゆくえ》を絶っていたおきちは、三味線《しゃみせん》の稽古《けいこ》帰りになぜよく知っている堀から足を踏み外したか、あれこれと調べられたそうです。ですが、野良犬にでも追われて堀に落ちたということで調べは決したそうな。伊助が十六の夏のできごとです。この騒ぎが収まった頃、伊助が櫓下から姿を消した。その直後からおきちの死には、従兄弟《いとこ》の伊助に関わりがあると噂が流れた。それにはわけがございましてね、三味線の稽古の帰りはいつも伊助が迎えにいくんですよ、ところがこの日にかぎって、伊助は迎えを忘れたといって務めを果たしていません」

「伊助がおきちを堀に突き落としたか」

「と界隈で当時を知る男衆は今も信じています、といって叔母のおつぎとおきちの母子は因業《いんごう》で情なしでしたから同情する者もいません。おきちの死がケチの付きはじめ、女郎屋が急にさびれて客が減った。それで娘の死から半年もしないうちに女郎屋は畳むことになったのです。この話はこの女郎屋を譲りうけたただ今の楼主《ろうしゅ》や古手《ふるて》の奉公人から仕入れた話でございます。以来、松平家に渡り中間として入るまでの四、五年間、伊助がどこでなにをしていたか、全く知れていません」

　と政次が報告を終えた。

　しばらく一座に沈黙が流れた。

「親分、若親分、話していいかえ」

「おや、独楽鼠《こまねずみ》が前もって断りを入れるなんて珍しいぜ。春だというのに冬に舞い戻り、雪が降るかもしれないぜ」

「まぜっかえさないでくんな、親分。こたびの騒ぎは、おれの思い付きの宝引きが誘い出した事件だ。おれもひと働きしねえとお夏さんの霊に申し訳ねえ」

「ほう、殊勝なことだ」

「親分、なんとでもいいな。人付き合いの悪い渡り中間がなぜ先代の江戸家老の沖津様に可愛がられたと思うね」

「それも謎《なぞ》の一つだな」

「渡り中間が屋敷奉公の中間になったのも先代家老の鶴《つる》の一声だそうな」

「亮吉《りようきち》、ようも調べましたね」

と政次が感嘆した。

「若親分の探索は表道だ。おれなんぞがどう逆立ちしたって、上田藩の家老様に会えるわけもない。いえ、八百亀の兄さん、分かっているって。大将は大将の、そして手下は手下の働き方があるってことをね、分《ぶん》はちゃんと心得ているよ」

「ならば文句はねえ」

「八百亀の兄さんの許しを得たところで申し上げます。おれはさ、いくら人付き合いの悪い伊助でも、どこかで愚痴をこぼす人か場所があるんじゃないかと思ったんだ」

「眼のつけどころがいいな、あったかえ」

と宗五郎。

「信州上田藩の上屋敷は御米蔵の南側にある。札差《ふださし》が牛耳《ぎゆうじ》る御蔵前に芝居好きが集まる小体《こてい》な茶店があるのを親分は承知かえ」

「御厩《おうまや》河岸ノ渡し近くの助六《すけろく》茶屋じゃないかえ」

「さすがに親分だ、伊達《だて》には齢を食ってねえ」

「どぶ鼠におほめにあずかり、春から縁起がいいわーえ」

と宗五郎が台詞《せりふ》もどきに応じた。

「この茶店は歌舞伎、宮芝居《みやしばい》好きな好事家《こうずか》が集まることで知られたところだ。伊助も札差の若旦那や番頭方に混じって十年も前から通っていた。こいつは屋敷に知れていねえはずだ」

「たしかに目付方もご存じなかったよ」

「若親分、伊助は深川の櫓下を去ったあと、旅回りの一座に加わって関八州《かんはっしゅう》を回っていたのさ。そして、久しぶりに江戸に戻り、川向こうの回向院《えこういん》で興行を打ったとき、助六茶屋を知ったのさ。そしてさ、この茶屋にお忍びで通っていたもう一人のお方がだれあろう、上田藩江戸家老の沖津仁左衛門《にざえもん》様だ」

一座に驚きの声が走った。

「伊助は先代の沖津様が芝居好きなことを承知していたというわけですね」

「若親分、そればかりではねえんだ。沖津様がどう伊助を気に入ったか、口入屋を通して屋敷に渡り中間で入れ、目端の利く中間ゆえ屋敷の常雇いにしろと口添えをされた様子なんだよ」

「なんと、譜代大名松平様の江戸家老と役者あがりの伊助は、芝居好きという一点で結びついていたか」

「芝居見物はお忍びということで伊助一人を供にふらりと市村座、中村座、はては宮芝居まで見物なされたようだ。その帰りには必ず助六茶屋に立ち寄られた。伊助は家老様の芝居指南《しなん》だったのさ」

「驚きました」

「でかしたな、亮吉」

政次と八百亀が言った。

「ふーん」

と鼻で返事をしたのは宗五郎だ。

「親分、感心した風ねえな」

「いや、驚き桃の木山椒《さんしょ》の木だ。たしかにこの騒ぎをおれたちは真正面から探索をしていたかもしれねえな。そこに目を付けた亮吉も伊達に金座裏で無駄飯は食ってなかったということだ」

「へっへっへ、お褒めにあずかり恐惶《きょうこう》至極だ」

「なにも四文字並べれば利口というわけじゃねえよ。亮吉、おめえ、まだ仕入れた話があるだろうが、言いな」

「おや、親分の眼は節穴じゃございませんな。いかにもさようでございます」

「なんだえ、鼻をひくつかせやがって」

「助六茶屋を二人は芝居噺《ばなし》だけで過ごしていたわけではねえ。ご家老がお忍びのとき、必ず座敷でやっていたことがある」

「まさか、伊助と先代ご家老は衆道つながりか」

「八百亀の兄さん、松平家の体面もあろうじゃないか。いくら芝居茶屋でも男同士が抱き合うことを許すものか。家老職は激務だ、その上神経を使う役職だ。とはいえ、屋敷で弱音を吐くことも許されねえ。そこでだ、芝居の帰りにご家老は按摩揉《あんまも》み療治、針治療を茶屋の座敷で受けてなさったんだ。浅草三間《さんげん》町の抱一《ほういち》って爺様が呼ばれて、長年にわたり、沖津仁左衛門様に治療を施してきた」

「分かったぜ、亮吉」

「ほう、親分、もうわっしが言わんとする先を見通しなさったか」

「抱一は今も健在かえ」

「それが三年前に亡くなったのさ。七十八の大往生だ」

「見よう見まねで伊助は先代の沖津様に揉み療治や針治療を施してきた。どうだ、この考えは」

「いや、いま一つ踏み込みが足りねえな。抱一が死ぬ何年も前から伊助は弟子入りして、揉み療治と針治療の技を習得していたんだよ」

「そうか、伊助は針の扱いに慣れてやがったか」

「急所もなにもすべて承知だ。それも助六茶屋の座敷で先代の沖津様にしか見せなかった秘密だったんだ」

「野郎、揉み療治と針治療で食えそうかえ」

「惣録《そうろく》屋敷の百瀬《ももせ》検校《けんぎょう》の許しは得てねえが、先代の沖津様を満足させて、手拭いなんぞ形見分けしてもらったほどの可愛がられようだ。腕も知れようというもんじゃないか」

宗五郎が亮吉の報告を吟味するように瞑目《めいもく》した。

長い沈黙の時が流れた。

「なんの罪咎《つみとが》もない奈美恵、お小夜、お夏と三人の娘を手に掛けた伊助は、必ずや江戸に潜伏していて、四人目を狙っていやがるぜ。こういう手合いは自滅するまで殺しを繰り返す。先代の江戸家老沖津様が存命の折は、この癖を出してはいねえ。だが、後ろ盾がなくなり、屋敷の中でただの中間としてしか扱われなくなったとき、奴は正体を見せた。深川櫓下で叔母の閨の手伝いをし、従妹《いとこ》のおきちに奉公人以下の扱いを受けて、おそらくおきちを水死させたのも野郎だろう。このとき、殺す快感を覚えたのかもしれねえ。こんな奴、野放しにしておけねえ。繰り返しになるが四人目、いや、おきちを数に入れると五人目の娘を物色していやがる」

　と懸念の言葉を重ねた宗五郎が、

「さあて、伊助をどう誘《おび》き出すか」

　と一同を見回した。

「八百亀、お冬ちゃんの決心は変わらないのだね」

「若親分、明日にも椿屋を訪ねると言っているぜ」

「お冬ちゃんが芸者になる理由は、姉の仇《かたき》を討つことだったね」

「いかにもさようですぜ。だが、素人《しろうと》娘の手に伊助が易々《やすやす》と乗るかね。五人目の犠牲者にお冬がなりかねないよ」

「私どもが隠密裡《おんみつり》にお冬の暮らしを守ります」

　と政次がきっぱりと言った。

「政次、江戸は広いや。野郎がどこでどう息を潜めているか、四宿《ししゅく》あたりに引っ込んでいたら、お冬が姉に代わって芸者に出たなんて分かるめえ」

「親分、お冬が姉の衣鉢《いはつ》を継いで芸者になると読売に書かせたらどうでございましょう」

「ほう、お冬を餌《えさ》に伊助をおびき出すか。だが、こいつは金座裏にとって危険な賭《か》けだぜ」

「分かっております。ですが、このまま手を拱《こまぬ》いていたら、五人目の遺体が江戸のどこかで必ず見つかることになります。金座裏がお冬一人の身を守りきれないようでは金流しの看板が泣きます」

と政次が言い切った。

「そこまでおめえがいうのなら、おれがこれからお冬の両親と椿屋に掛け合ってこよう」

「親分、いま一つ、策がございます。かような手合いのことです、己がやったことはだれにも知られてないと自信をもっておりましょう。ですから、中間某《なにがし》が三人の娘を殺したことを人相描き付きで高札場に張り出すのです」

「こっちは北町奉行所の許しがいるな」

「しほを連れて、松平様の屋敷に参り、中間某の人相描きを作ります。松平様も名を出さなければお許しを下さりましょう。その上で北町奉行所に回ります」

「よし、二手に分かれるぞ。おれには八百亀が従え。政次としほには、常丸《つねまる》と亮吉が同道しろ。残りの者は藪入りの最後の夜だ、なんぞあっても動けるようにうちで待機しろ」

　と宗五郎の手配が終わって金座裏が動き出した。

二

　翌日、お冬が姉のお夏の代わりに柳橋の芸者置屋の椿屋に移った。そして、その夕暮れ前、江戸の読売屋数店がお冬のけなげな決断を江戸じゅうに美談仕立てに告げた。

　さらにその翌日、高札場にしほが松平家の伊助の朋輩《ほうばい》などから聞き取りを行い、その場で描いた人相描きが、

「元武家奉公中間伊助」

　として張り出された。

だが、数日は気持ちが悪いほど平穏に時が過ぎていった。

お冬は見番《けんばん》で芸事の初歩の踊り、歌、太鼓などを習い、その稽古が終わるのは夕暮れ前のことだった。慣れぬ稽古にくたくたに疲れていたが、姉の仇を討つ一念で必死に務めていた。

　そんなお冬の日常に椿屋の小柄な男衆が付き添い、片時として離れることはなかった。柳橋界隈で見慣れぬ男衆は金座裏の手先の亮吉だ。

椿屋が新入りの芸者見習いを警戒するのは当然なことだった。姉が料理茶屋の二階座敷で殺されたのだ。そのうえ、このことが大々的に読売で江戸じゅうに知らされたのだ、どんな危難が襲いかかるとも知れなかった。

政次たちもそれぞれが置屋に出入りの八百屋の手代や貸本屋に化けて、お冬の身辺に警戒を怠っていなかった。そのせいか松平家の元中間小頭の伊助は柳橋界隈に姿を現しそうになかった。

金座裏ではやきもきしながらも宗五郎が菊小僧相手に時を過ごしていた。

「おまえさん、お冬ちゃんは本気で芸者になる気かね。姉さんの仇を討つための便法かね」

「お香《こう》さんもそのことは確かめたそうだ。お冬は『もちろん姉の仇を討ちたい一念にございますが、私が無事に生き残るようであれば、姉の夢を受け継ぎます』としっかりと答えたそうだぜ」

「そんなしっかりとした受け答えの娘さんならば、きっと二つとも大願成就しますよね」

舅姑《きゅうこ》に茶を運んできたしほが言った。

「ああ、そう願いたいもんだ。そのために政次らが神経張りつめて伊助を誘きだそうとしているんだ」

「四人の娘さんのためにも、なんとしても伊助を白洲《しらす》に送りたいもんだよ」

「おみつ、おれが気に入らねえのは、しほの人相描きがありながら、どこからもなんの報《しら》せもないことだ」

「江戸を離れたというのかい」

「いや、おれの勘はこの江戸に潜んでいると訴えているんだがな、松平家の人々がしほの人相描きを見て、『これこれ、この絵は小頭の伊助さん、いえ、伊助に瓜二《うりふた》つですぜ。ぞっとするようなこの目配り、それでいて、こっちが見ていると思うと、即座に作り笑いに変わる様、二つの顔をようも描き分けられておりますよ』と褒めたくらいの出来なんだぜ。その人相描きが江戸じゅうの人が集まるところに張り出してある。にも拘《かかわ》らず、あたりがねえ。その辺が気に入らねえな」

宗五郎の苛立《いらだ》つところだった。

「相手も必死だよ。寺の縁の下なんぞに隠れて、人の関心が他に移るのを待っているんじゃないかね。あるいは、どこぞに隠れ家を設けていたか」

「そのことを考えねえわけじゃねえ。となると、あいつが化けるのは按摩揉み療治、針治療だ」

「それならば人相描きになぜ、こいつは按摩に化ける知恵を持っていると記さなかったんだよ」

「そこだ、おみつ。あいつの最後の拠《よ》り所をわざとこちらが察知してないように書かなかったんだよ。書いていたら、いくらなんでも按摩揉み療治には化けられめえ。政次たちの目当ては、伊助が按摩揉み療治に化けて、柳橋界隈に現れることなんだよ」

「ふーん、その手に引っかかってくれるといいがね」

とおみつが呟《つぶや》いて、

「私が十七、八なら夕暮れ時の柳橋を歩き回って伊助を誘い出すんだがね」

「三十年とはいわないが、おれもおまえもいささか齢を取り過ぎた」

と宗五郎が笑った。

そのとき、格子戸が開く音がして、声がした。下っ引きの髪結いの新三《しんざ》だった。

「親分、いるかえ」

と言いながら玄関座敷に新三が顔を覗《のぞ》かせ、

「親分だけが留守番かえ」

と笑いかけたものだ。

「なんぞ伊助についてあたりはねえか」

「そいつだ。しほさんの苦労した人相描きがありながら、どこからもなんの手応《てごた》えもねえ。そいつが却《かえ》って不気味でな」

「おれたちもそのことを話していたところだ」

「それでさ、目先を変えて伊助が中間に化ける前、加わっていた芝居小屋に目をつけたのさ。朝から日吉山王《ひえさんのう》、神田明神、湯島天神、芝神明《しばしんめい》と思い付くところをあたってきたが、宮芝居をやっているところは芝神明だけだ。そこでさ、芝居小屋の男衆が仕事を探しにきた男がいたことを話してくれた、数日前のことだそうだ。だけど、夕暮れ時分で相手の顔も見ずにこのご時世、雇うどころか、少しでも手を減らしたいと断ったそうな。男はそれでも諦《あきら》めきれないようで、給金は要らねえ、芝居小屋の隅に寝せてくれて飯を食わせてくれればいいと芝居小屋の男衆の背に願ったそうだ。そこで男衆も気の毒になって、うちじゃだめだが、深川の富岡八幡《とみがおかはちまん》に行ってみねえ、おれの仲間が芝居をうっているからと教えたそうだ。浅草奥山を覗いたついでに、これから川を渡ろうと思うのだがね、喉《のど》がからからだ。しほさん、茶を一杯ご馳走《ちそう》してくれませんかね」

しほが話を最後まで聞くことなく台所に立った。

「新三も苦労しているな」

「富岡八幡の芝居小屋に男が訪ねたかどうかも分からねえ、さらには伊助と思える事実はなにも浮かんだわけではねえ。仕事探しの男という可能性が強いがね、それでもあたってみようと思うのさ」

「百あたって九十九までが無駄に終わるのがおれたちの仕事よ。新三、おれも富岡八幡に付き合おう」

「おや、親分じきじきにお出ましかえ。言ったように、伊助にあたるって保証はどこにもねえ話だぜ」

「菊小僧相手の隠居の真似事《まねごと》も飽きた。こうなりゃ、富岡八幡の祭神頼みだ。お参りにいったと思えばいいや」

宗五郎が答え、そこへしほが茶菓を盆に載せて戻ってきた。

「どうだ、おみつ、しほ、彦四郎《ひこしろう》に頼んで川向こうまでのさないか。髪結いの手引きで富岡八幡にお参りにいって、伊助が一刻も早くお縄になりますようにとお願いしてこようじゃないか」

と宗五郎が言い出し、金座裏の女二人が急に張り切った。

四半刻後、龍閑橋《りゅうかんばし》際の船宿綱定《つなさだ》から彦四郎の漕ぐ猪牙舟《ちょきぶね》に乗った宗五郎、おみつ、しほの三人と髪結い新三が春の陽射しをあびて御堀の水面《みなも》に遊ぶ鴛鴦《おしどり》の番《つが》いを見ていた。

彦四郎は心得たもので鴛鴦を驚かせないように櫓《ろ》を静かに扱い、猪牙舟を進めた。

「若親分方は苦労しているようだね」

と彦四郎がだれとはなく話しかけた。なんとなく胸に閊《つか》えがあるような表情だった。

御堀から一石橋《いちこく》を潜り、日本橋を目指しているところでだ。

「ああ、こたびの宝引きさわぎの下手人を突き止めたところまではいいが、野郎め、雲か霞《かすみ》、消えやがった。伊助って男、渡り中間になる前、旅回り一座にいたってんでな、髪結いは芝居小屋をめぐって伊助の臭《にお》いを嗅《か》いでいるんだ。そいつにおれたちも乗せてもらって、富岡八幡行きだ」

ふーん、と彦四郎が応じ、

「若親分と亮吉が暇になるのは、だいぶ先のことかねえ」

「一刻も早く伊助をお縄にしねえことには金座裏に閑《ひま》はこねえな。彦四郎、なんぞ用事か、おれならば閑を持て余して菊小僧のお守りをしているぜ」

「親分ね、ちょいとこっちは気が重い話なんだ」

「なんだえ、彦四郎が気が重い相談ごとって」

「こう陽射しの下で四人に睨《にら》まれると言い難《にく》いよ」

「分かった」

しほが言った。

「おや、しほさん、おれの胸の中が読めるかえ」

「政次さんと亮吉さんに相談したいことって、彦四郎さんが好きな女《ひと》のことじゃない」

「あたった」

「彦四郎、大五郎《だいごろう》親方とおふじさんには相談したのかえ。いや、その前に実家の親父さんとお袋には打ち明けたかえ」

おみつが尋ねた。

「それがちょいと」

「言い難いか」

と宗五郎。

猪牙舟はいつもどおり大勢の人々が往来する日本橋を潜りぬけた。

「好きなら好きで親でも親方のところでも連れていくがいいじゃないか。おまえは亮吉と違い、用心深い気性だからね。相手に間違いがあろうとも思えないがね」

「そんな風に言ってくれるのは金座裏のおかみさんだけだ。おれが秋乃《あきの》の一件でさ、政次若親分と亮吉にさんざ迷惑をかけたことを忘れましたかえ」

「忘れるものか、幼馴染みの秋乃とは富岡八幡の船着き場で十数年ぶりに再会したんじゃなかったのかえ」

「そうなんだよ、あの船着き場での再会がおれを狂わせて、皆に迷惑をかけちまった」

「そうやって秋乃の一件を穏やかに話せるようになった彦四郎だ。こたびはあんな間違いを繰り返すめえ」

「さあ、どうかね。親分たちが富岡八幡にお参りにいくというからさ、ついこんな話になっちまったよ」

「彦四郎さん、いい機会よ。親分とおっ義母《か》さんに打ち明けて味方につけてしまいなさいな。そしたら親御さんも大五郎親方もおふじさんも、うんもすーもないと思うわ」

しほが珍しく彦四郎を嗾《けしか》けた。

「相手は瓦職人だった亭主が屋根から落ちて死んだ後家さんだったわね、後家さんたって二十歳の若さで三歳と一歳半の娘がいるって話でしょ」

「しほさん、その話、若親分から聞かされたか」

「聞いたけど、なにか都合が悪いの」

「うーん、困ったな」

「歯切れが悪いわね、どうしたの」

「あの話、嘘っぱちなんだ、おれの創《つく》り話なんだ」

「えっ、そんな馬鹿な。だって、ついこの前の師走《しわす》の話よね、一体全体どうなったの、彦四郎さん」

「あのときな、ほんとうは政次若親分に聞いてもらおうと話し出したんだが、真の話はかたちにもなってねえ。それでさ、客に聞いた話をあれこれとこねくり回して喋《しゃべ》っちまったんだよ」

「どうして、そんなことを」

「まだ形にもなってない話だし、真の話は造り話どころじゃないんだ、もっとひどいんだ。だからさ、中途半端に話したら話が壊れると思ったんだ、それが怖かったんだ。騙《だま》そうと思ったわけじゃないよ。だって相手は若親分や常丸兄いだもの」

「歯がゆいね、彦四郎、なにがおまえの周りに起こっているんだよ」

おみつが苛立った。

「本当のところを話すよ。聞いてくれるかい」

「彦四郎、まさか政次の次におれたちを騙そうって寸法じゃあるめえな」

「親分、あんときはよ、迷っていてあんな話をでっち上げたんだ。こんどは違うよ。それとも彦四郎の話はでたらめだからご免蒙《こうむ》るかえ」

「彦四郎、話しな」

おみつがついに癇癪《かんしゃく》を起こした。

彦四郎がしばし黙って自分の気持ちを整理していたが、

「親分、おかみさん、おれがほんとうに所帯を持ちたいと思っている相手はお駒《こま》さんって出戻りなんだ」

「あら、名前は師走の話と同じなのね」

「咄嗟《とっさ》のとき、他の名なんて浮かばないもんだな、お駒さんに赤子がいるのも真の話だ」

「ほう、彦四郎の懸念はどこだえ。出戻りだろうと赤子がいようと、おめえがお駒を心底好きならそれでいいじゃないか」

宗五郎の言葉に彦四郎が大きく頷いて、語を継いだ。

「お駒さんの嫁ぎ先は木挽《こびき》町、三原橋近くの表具師、絵繕師の吉川長右衛門《よしかわちょうえもん》方でな、倅《せがれ》の竹之助《たけのすけ》が亭主だ。お駒さんが十八になったときに祝言を挙げたんだと。竹之助は腕のいい表具師らしいや、親父様も跡取りと考えていた。ところが所帯を持った半年目くらいから竹之助がしばしば外に泊まるようになってな、お駒さんはなんとなく外に女がいるんじゃないかと疑っていたそうだ。だが、竹之助は仲間との付き合いだ、なんだかんだとそのつど言い訳をしていたそうな。お駒さんに子供が生まれたころ、木挽町の家に、うちの竹之助、いますって、姿を見せた女がいた」

「そいつが竹之助の隠れ女か」

「そうなんだがな、亭主の竹之助も舅《しゅうと》の長右衛門も姑《しゅうとめ》もその女になにも言わないし、目も合わせないようにしていた。ところが訪ねてきた女のおだいがお駒さんに、竹之助は昔から私のもんなの、とべらべらと喋りやがったそうな。それによると、親父の長右衛門が修業した親方の娘がその女だったんだよ。竹之助は何年も前からおだいと付き合いがあったが、竹之助より九つも年上、それにわがまま放題に育てられたおだいを嫁にするのを木挽町では嫌がり、師匠の家に内緒で竹之助にお駒と所帯を持たせたってわけだ」

「それをおだいが嗅ぎつけて嫌がらせを始めたのかえ」

「おかみさん、そういうことだ。長右衛門も倅の竹之助も師匠に恩義を感じていたらしく、おだいになにも言えないときた。そんなことがたび重なり、竹之助はとうとう木挽町の家をおっ出て、木挽町の作業場に通ってくるようになった。長右衛門はお駒さんにすまねえと思っているようだが、なにも言わない。そのうち、お駒に竹之助は諦めて、職人頭の周吉《しゅうきち》と所帯を持ってくれないか、そうしたら、周吉に暖簾《のれん》分けさせると長右衛門が言い出したそうな」

「猫の子をもらう話じゃないよ、なんてこったい」

とおみつが口を尖《とが》らせた。

「こんな話、若親分に言えるかえ。つい、でたらめを喋っちまったんだよ」

とまた彦四郎が言い訳し、語を継いだ。

「お駒さんは木挽町の家を出る決心をして、おかなちゃんを抱いてさ、紀伊国《きのくに》橋まできたところで、おれが客を船着き場に送ってきたというわけだ。今から半年も前のことかね」

「心根の優しい彦四郎のことだ、そんな仕打ちをうけたお駒さんを舟に乗せたってわけだ」

「おかみさん、お駒さんがどんな仕打ちを受けたか、分かりっこないよ。ただ赤子を抱いて手に風呂敷包を下げているお駒さんに、つい、舟の御用はございませんかと声をかけたんだ」

「ほうほう、それで」

「おかみさん、それで以上はなしだよ」

「えっ、それで終わりかえ、話は。えらく尻切れとんぼだね。お駒さんの実家はどことか、おまえとどうして再会したとかないのかえ」

おみつが彦四郎を促した。

猪牙舟はいつしか湊《みなと》橋を潜って、霊岸島《れいがんじま》新堀に差し掛かっていた。あと一つ橋をぬけると大川だ。

「舟に乗ったお駒さんがしばしば溜め息を吐くからさ、おかみさん、なんぞ胸に閊《つか》えたことがあるならば話しませんか、おれは龍閑橋際の船宿綱定の船頭で、金座裏の一家とは親戚付き合いの間柄だ、怪しいもんじゃございません、と名乗ったのさ。そしたら金座裏の言葉にお駒さんが信頼してくれたようでさ、ぽつりぽつりと最前話したようなことを話してくれたんだ」

「うちの名もそんな役に立ったか」

「そういうことだ。お駒さんの実家はよ、亀戸《かめいど》天神の境内で小さな団子屋を商い、親父様はよ、亀戸天満宮近くの銭座《ぜにざ》の鋳造《ちゅうぞう》の職人頭だ。小さいながら一軒家でさ、亀戸天神の境内の隣にあるんだよ」

「なんだ、後藤家の関わりの銭座職人か。なにかと縁があるな」

「だろう、親分」

と彦四郎がようやく笑った。

「おかみさん、そんとき、おれは親子を送っていっただけだ」

「そりゃそうだろうよ。いきなり婚家先から戻ろうって母子を口説けるものか」

おみつも様子が知れて軽口を叩いた。

猪牙舟が大川に出て、揺れた。それを彦四郎が上手に立て直した。

「それから一月もしたころかね、お駒さんが綱定近くの河岸道に佇《たたず》んでおれの帰りを待っていたんだ」

「ほうほう、相手が彦四郎恋しさに会いにきたかえ」

「おかみさん、そうじゃねえよ。お駒さんはおれに相談にきたんだよ。亭主の竹之助が実家に押しかけてきてよ、木挽町に戻ってくれと懇願したんだと」

「女と別れた上のことだろうね」

「それがおかみさん、おだいのことは悪縁だと思って我慢してくれ。おまえとおかなはおれの女房と娘だからって、おだいのことなど気にすることはねえと、てめえ勝手な言い草なんだよ。むろんお駒さんは木挽町に帰る気はないと断った。だけど、それから嫌がらせのように何度も亀戸に姿を見せて、付け回すのだと。お駒さんは竹之助がくるたびになんでこんな男の嫁になったんだろうとさ、悔やんでおれに相談にきたってわけだ」

「なんて情けない男だろうね。そんな男、彦四郎、引導を渡してやんな」

「おかみさん、おれが竹之助と親父に会ってよ、お駒さんにこれ以上、付きまとうようなれば金座裏のご出馬を願うぜと脅しをかけたんだよ。親分、申し訳ねえが、無断で金座裏の名を二度ばかり使わせてもらったぜ」

「ご利益《りやく》があったか」

「あったあった。ぴたりと竹之助がお駒さんに付きまとうことはなくなった」

「それで彦四郎、おまえとの付き合いが始まったというわけだね」

「ところがさ、お駒さんが自由になるには、木挽町に離縁状を出させなきゃあいけないんだがね、長右衛門も竹之助も嫌がらせか出さないんだよ。若親分に相談しようと思ったけどさ、師走のことがあるだろう。素直に言えなくてさ」

ようやく彦四郎の話が終わった。

「彦四郎、おめえは、連れ子のおかなを抱えたお駒と心から所帯を持ちたいんだな。

おめえに値する女なんだな」

「親分、お駒さんに会ってみなよ、人柄が分かるからさ。おりゃ、子ども好きだ。おかなは今愛らしい盛りだ、一日だって早く一緒に暮らしたいのさ」

彦四郎は宗五郎の問いに胸を張って答えた。

「よし、おまえの気持ちは分かった。だが、政次たちは伊助を追って手が離せねえ。金座裏にお駒とおかなを連れてきねえ、この親子なればとおれが思ったら宗五郎が木挽町に掛け合ってやろうじゃないか」

「だったらさ、富岡八幡宮のついでに亀戸天神めぐりをしようよ。さすればさ、お駒さんとおかなちゃんに今日にも会えるよ」

よし、と宗五郎が応じて、彦四郎の櫓を漕ぐ手に力が入った。

三

置屋の椿屋のある浅草下半右衛門町から見番のある上半右衛門町まで浅草橋を横目に神田川沿いを大川合流部へと歩くことになる。

お冬と縞《しま》模様の袷《あわせ》をぞろりと着流しにした亮吉の二人は、辺りに気を配りながら、いつものようにそぞろ歩いた。それは遠目には見習い芸者と男衆そのものだった。

「亮吉さん、出ないわね」

箱に入れた三味線を持たされた亮吉は、お冬に従い始めて十日が過ぎた。

「私が従っている内は野郎、姿は見せませんよ」

前を歩くお冬になんとか聞こえる程度の小声で亮吉が答えた。

「だったら亮吉さんが外れたらいいんじゃない。そしたら伊助が姿を見せるかもしれないわ」

「お冬ちゃん、おれが従っているにはわけがあるんだ。あいつはお夏さんをつけ回し、百川の二階座敷まで忍び込んで殺《あや》めた野郎だぜ。執念深いし、用心深い。こっちがさ、最初からあけすけに油断しているように見せると罠《わな》と気付きやがる。そこでおれがお冬ちゃんに、こうして従っているんだ。頃合いを見て、もう伊助が江戸にはいねえという判断でさ、お冬ちゃんが一人で行動するようになったときをさ、どこからか狙っている。それが政次若親分の推量なんだ。こうしておれがいるうちは姿を見せねえがさ、やつを誘きだすためにどうしても必要な手間なのさ」

「探索って、そんな面倒なの」

「人を何人も殺めた人間を相手にしているってことをお冬ちゃん、忘れちゃならねえ。やつが出てくるときはこっちが油断したときなんだ」

「今夜百川のお座敷に美木松《みきまつ》姉さんと雛奴《ひなやっこ》さんの二人が呼ばれているんですって。女将さんにね、おまえも経験だ、従いなって出がけに言われたわ」

「なに、お冬ちゃん、もう座敷に出るのか」

「そうらしいわね」

お冬は平然としていた。姉のお夏が殺されたというのに平静でいられるのは、お冬の大胆な気性を示していると亮吉は思い、こいつがどう作用するか、と案じた。

ふーん、と一先《ひとま》ず亮吉は鼻で返事して、こいつは若親分に知らせなきゃあと思った。

柳橋の芸者見番は上半右衛門町の真ん中にあった。

亮吉はお冬に三味線を渡すと、

「お冬ちゃん、お師匠さんのいうことをよく聞いて、稽古をするんですよ。それが見習いの仕事なんですからね」

と男衆らしく注意を与え、

「それからいいかえ、私が迎えにくるまで必ず見番の中で待っているんだぜ」

と声を潜めて見習い芸者に命ずると今来た道を引き返し始めた。

亮吉はこの誘き出し策に伊助が引っかかるかどうか、だんだんと弱気になっていた。

というのもお夏を殺した伊助が危険を犯してまで姉の仇を討つと広言して姉と同じ

道を歩き始めた妹のお冬を襲うだろうかと疑いの気持ちが生まれ始めていたからだ。

この十日、判で押したように置屋と見番の往復を繰り返していた。だが、監視する目を一度たりとも感じたことがなかった。監視者が近くにいるのであれば、必ずやその気配は伝わってくるものだ。

金座裏の手先としてそれなりの経験は積んできた亮吉だった。それがどうにも感じられないのだ。

浅草橋まで戻った亮吉は御蔵前通りを曲がると、いかにも別の用事に向かうような足取りで北に向かった。浅草瓦町への路地に姿を没し、尾行者がいるかいないか気配を探った。

いるふうはない、と判断した亮吉はさらに天王町代地と茅《かや》町一丁目代地の間で堀留になった入堀ぞいに東に向かった。

入堀の向こうに大川の流れが望め、水面が春の陽射しにきらきらと光っていた。

釣り船から釣糸を垂らしている男がいた。なんとなく暇を持て余した遊び人が釣糸を垂れているといった風情だ。

「兄さん、煙草《タバコ》の火は持ってねえかえ」

と銀煙管《キセル》を手にした亮吉が男に話しかけた。

「だれだえ、気安く声をかけやがって、魚が逃げるじゃないか。おりゃ、煙草は吸わないんだよ」

と応えたのは政次だった。

「野郎、江戸を離れたんじゃないかね」

と亮吉が釣りを見物する体《てい》で腰を下ろした。

「いや、やつは江戸に必ずいる。そして、私たちが油断するのを気長に待っているよ」

遊び人のなりの政次の返答はきっぱりとしていた。

「若親分」

「政次だよ」

「そうか遊び人政さんだったたな。椿屋の女将が今宵お冬ちゃんを座敷に出すそうだぜ。呼ばれた先は大横丁の料理茶屋百川だ」

「ちょっと早い初座敷だね」

「伊助が出るとしたら、座敷に呼ばれ始めたこの数日だと思わねえか」

「そう、やつはこちらが隙《すき》を見せるのを待っている。いよいよ今晩から知恵くらべ根気くらべだよ」

と政次が考え込むような表情を見せた。

「分かったぜ、政さん」

と応じた亮吉は大川近くまで歩き、入堀に架かる小さな橋を渡った。

入堀には釣り船が何艘《そう》も繋《つな》がれていた。その中の一艘で釣り糸を垂れていた政次は亮吉と別れたとき、そのままの姿勢で考え込んでいたが、ふいに決断したように舟から河岸道に飛び上がった。

亮吉はいったん椿屋に戻ると、女将のお香に会った。

「女将さん、お冬ちゃんを今宵から座敷に出すそうですね」

「稽古も大事だけどね、なんたって芸者の本舞台は座敷ですよ。少しでもお冬に経験させたくてね、百川に願うことにしました」

と答えたお香が、大丈夫だろうね、という目で亮吉を見た。

「おれだけじゃない。姿は見せないがさ、若親分たちがお冬ちゃんを見守っている。野郎が姿を見せたら、必ずやお縄にしてみせるぜ」

「それを聞いて安心しましたよ。私もさ、ちょいと座敷に出すのは早いかなと思っていたんですけどね」

「女将さん、だけど、おれがお冬ちゃんに従っているうちは伊助、姿を見せないと思うぜ。こりゃ、長期戦だね」

「おまえさん方がこううちに出入りしたんじゃ、なんとなく相手も気付くよね」

とお香が洩らしたものだ。

彦四郎の猪牙舟は富岡八幡から十間川《じっけん》の東、亀戸町にある亀戸天神の船着場に舫《もや》われた。

「親分、ちょいと待ってくんな。お駒さんやおかなちゃんを驚かせてもいけねえや。おれが一足先に親分方の到来を知らせてくるからよ」

大きな体の彦四郎が猪牙舟を舫うと身軽に船着場の橋板に飛び上がり、いそいそと姿を消した。

「彦四郎たらえらく張り切っているよ」

おみつが笑った。

「彦四郎らしい話じゃないか。嫁ぎ先をおん出てきたやや子連れの女をその日のうちに釣り上げたりさ。嘘話をでっち上げて、真の話を隠したりさ」

「親分、わっしは似合いの夫婦になりそうだと思いますがね」

商売柄女心をよく知る髪結い新三が言った。

「髪結いの勘じゃ、うまくいきそうか」

「私も彦四郎さんらしいと思います。この話、きっとうまく行きます」

しほも新三と同感だった。

菅原道真《すがわらみちざね》公を祀《まつ》った亀戸天神は寛文二年（一六六二）に四代将軍家綱からこの地を寄進され、梅や藤の名所として季節には多くの人出を集めていた。

折しも梅が盛りの季節だ。境内から南へと伸びる参道にも梅の香りが漂っていた。

富岡八幡宮では宮芝居は行われていたが、伊助らしい男が宮芝居の一座に潜り込んでいる様子はない。

当初、宗五郎は料理茶屋が櫛比《しっぴ》する富岡八幡の門前町で酒食をと考えていた。だが、彦四郎の話を聞いて、まずは亀戸天神に向かうことにしたのだ。

お駒の実家は参道の真ん中近辺で茶店をやっていた。名物はくず餅《もち》だが、うどんや酒も出した。

彦四郎は参道の人混みから茶店にお駒の姿があるのを見た。なにしろ彦四郎は六尺（約百八十二センチ）を優に超えた仁王様だ。参拝客、梅見物の人々の頭の上から茶店を手伝うお駒の姿を認めることができた。

「お駒さん、金座裏の親分方のお出ましだ」

と彦四郎が大声を張り上げ、お駒がふっくらとした顔を彦四郎に向けた。

「金座裏の親分方のお出ましって、どういうこと」

と人混みを掻き分けてきた彦四郎にお駒が驚きの顔で尋ね返した。

その会話を耳ざとく聞きつけたものがいた。

亀戸天神の境内で梅見客を相手に独り女形芝居《おやま》を演じながら投げ銭をもらい、大川の向こうに戻る機会を待っていた伊助だ。伊助はしほが描いた人相描きに追われるように川を渡って棲《す》みかを変えていた。だが、江戸を離れることは考えていない。追われる人間が隠れる場所は人混みだ、伊助はそのことを重々承知していた。

(なぜ金座裏が亀戸天神に)

女形芝居の即興芸を端折《はしよ》って終えた伊助は、茣蓙《ござ》にわずかばかりの道具を包むと参道から離れ、梅林に休息の体で入った。

「お駒さん、親分方が富岡八幡に行くってんで、おれにご指名があったと思いな。おかみさんもしほさんも髪結いの兄さんも一緒なんだよ」

伊助は彦四郎の答えを聞いて、ほっと安堵した。伊助を追って深川本所に女連れで金座裏が出てきたと思われなかったからだ。

「おれがさ、ついお駒さんのことを洩らしたら、親分が木挽町の一件じゃ手助けしようじゃないかと言いなさるんだ。そんなわけで総勢四人のご入来だ。いいだろう、どこか席をとってくれないかな」

「うちは立派な座敷なんてないわ、梅の木の下の縁台《えんだい》でいいの」

「ああ、いいとも。おれ、呼んでくらあ」

と踵《きびす》を返した。

伊助は迷っていた。

金座裏の宗五郎は江戸で名代《なだい》の御用聞きだ。侮《あなど》れない存在だ。その顔が見える近くに残れば、探索の話を聞けないともかぎらない。同時にこちらの気配を気取《けど》られる危険もあった。

伊助は迷った末に、女形に扮した正体が知られるはずもないと腹を括った。

お駒は日当たりのいい縁台二つの緋毛氈《ひもうせん》を丁寧に敷き直した。

木挽町の家を出た日、出会った彦四郎を今や信頼しきっているお駒だった。もはや木挽町の竹之助のもとに戻り、やり直すなんてこれっぱかりも考えていなかった。

嫁ぎ先を出たときは、おかなと二人でやり直すと覚悟を決めていた。だが、日に日に彦四郎の存在が胸の中で大きくなり、

(もしできることならば)

と夢を見ていた。

だが、未だ竹之助の嫁の立場が現実だった。竹之助は離縁状を出さないと意地悪をしていた。

そんな想いがお駒の胸の中で交錯した。

伊助は縁台近くの茶店の板壁によりかかり、いかにも独り芝居の芸人が休息している体を装い、座った。そこからならお駒が用意した縁台の話が聞けると思った。

「お駒さん、金座裏の親分さんにおかみさん、それに若親分の嫁さんのしほさんだ。それとよ、こっちは髪結いの新三兄いでさ、金座裏の手の一人だ」

と彦四郎がお駒に宗五郎らを紹介し、お駒は、

「お駒にございます。ようこそいらっしゃいました」

と挨拶した。

しほは即座にこの女の人ならば彦四郎に似合いの嫁になると感じていた。おみつはおみつで、子を生《な》したというから所帯じみた女かと案じていた。だが、黄八丈《きはちじよう》にたすき掛けできびきびと茶店を手伝うお駒は、娘といっても通る若さと明るさを持っていた。

「お駒さん、梅見物に寄らせて頂きましたよ。うちの女衆になんぞ美味《おい》しいものを馳

走してくれめえか」

と宗五郎がお駒に言い、彦四郎が、

「親分と新三の兄いには酒だよ、お駒さん」

と願い、

「おかなちゃんはどうしている」

と尋ねた。

お駒が眩《まぶ》しそうな眼差《まなざ》しで彦四郎を見て、彦四郎が頷《うなず》くと、

「ちょっと待って下さいな」

と奥へ姿を消した。

おみつもしほも二人がすでに言葉にしなくても意思が通じ合うほど信頼し合っている間柄だと思った。

「親分、伊助を追って富岡八幡行きが、とんだ縁結びのお役に変わったな」

「新三、こっちはなんとなく目途《めど》が立ちそうだが、もう一つはな。芝居小屋にあたりがなければ按摩のほうを探ってみるか」

宗五郎が答えるのを伊助は緊張の顔で聞いていた。

「頼りになるのはお冬ちゃんだけかえ。お夏さんの妹が、けな気にも姉の仇を討とう

と芸者になることを決心したんだ。伊助も出てくるがいいや」

新三が洩らした言葉に伊助は驚いた。人相描きは高札場で見た。だが、読売を読んでなく、お冬が姉の衣鉢を継ぐことを伊助は承知していなかったからだ。

（あぶねえあぶねえ）

伊助は、ここはじっくりと考えるときだと思った。

「おかみさん、しほさん、おかなちゃんだよ」

彦四郎がお駒の手から一歳ばかりの娘を抱き取り、二人に見せた。

「おや、赤子とばかり思っていたが、可愛い盛りのやや子じゃないか。彦四郎、私に抱かせておくれよ」

おみつがすぐに抱き取り、おかなは驚く風もなく、にこにことおみつに笑いかけた。

「おうおう、おっ母さんに似て器量よしだよ。しほ、どうだえ、おかなちゃんを見てごらんよ。えらく機嫌がいいよ」

「おっ義母さん、私にも抱かせて下さいな」

とこんどはしほがせがみ、新三が、

「ふっふっふ、金座裏は悪党には強いが、赤子には滅法《めっぽう》弱いね」

と笑った。

「髪結い、当たり前だ。赤子は無垢《むく》だもの、それがどうして大人になると伊助みたいないびつな根性の悪たれになるかね」

おみつが伝法な口調で言い放った。

「おかみさん、おかなちゃんと伊助をいっしょくたにしないでくんな」

「なんだい、彦四郎、まるでおまえの娘のようだね」

とおみつが笑った。

（くそっ、おれの気持ちが岡っ引きの女房なんぞに分かるか）

伊助は独り毒づいた。そして、

（なんとしても金座裏にいっぱい食わせ、恥を搔かせてやる）

と伊助は思った。


この日、彦四郎の猪牙舟が十間川の船着き場を離れたのは、七つ（午後四時頃）に近い刻限だった。舟にはお駒の母親が土産《みやげ》にと呉《く》れた蕾《つぼみ》をつけた白梅紅梅が乗せられ、舟じゅうに香りを放《はな》っていた。

彦四郎はどことなく安堵した表情を見せて、

「お駒さん、おかなちゃん、またな」

と見送りの母子に声をかけた。

猪牙舟から母子が見えなくなったとき、彦四郎が、

「親分、あんな人だ。木挽町に掛け合ってくれますかえ」

「金座裏の女大明神に聞きねえな」

「おかみさん、どうかね。お駒さんはさ」

「おまえはどう思っているんだえ」

「しっかりとした女の人だと思うよ。嫁ぎ先をおん出てきた覚悟の人と、その日のうちにおれが出会うなんて、こりゃ、天のさだめと思わないか」

「彦四郎さん、敢《あ》えて聞くけど、他人のおかみさんだった人でも気にしないのね」

「しほさん、おれだってあれこれと迷い、しくじり、後戻りしてきたんだぜ。一度くらいしくじったからって、だれが責められるよ。おりゃ、気にしないどころか、親子三人して暮らせるならば、夫婦二人で始める以上に幸せだと思うよ」

「親分に私からもお願いするわ、彦四郎さん」

「いいおかみさんになるよ、お駒さんはさ。おめでとう、彦四郎」

おみつの祝いの言葉に彦四郎が櫓を漕ぐ手を休めて、
うおっ！

と雄《お》たけびを上げた。

「むじな長屋の三兄弟も、残るは亮吉だけか」

と宗五郎が呟き、

「おまえさん、一人くらい迷い迷い、答えが出ないのがいてもいいよ」

とおみつが応じたものだ。

四

柳橋界隈に見かけない按摩揉み療治が出没するようになったのを聞いて、金座裏に緊張が走った。

政次以下が客や貸本屋に扮して柳橋界隈に張りこんだ。すると見かけない顔の按摩に行き逢《あ》った。

「按摩の兄さん、見かけない顔だね」

と常丸が問い質《ただ》すと在所《ざいしょ》なまりで、

「江戸に出てきて商いを始めたばかりだ、未《ま》だ得意先がいないで困っていただ。そしたらよ、江戸の人は親切だな、はあ、柳橋から魚河岸近辺はここんところ按摩が足りねえから、行ってみたらと教えてくれただ」

と弁明した。

「親切な人って、どんななりだったえ」

「見てのとおり、わすは目が不自由だ。なりが分るもんでねえ。そうだな、芝居《すばい》の台詞《せり ふ》でも聞くような、いい節回しだ」

と答えたものだ。

伊助の仕業だろうと思われた。

この界隈で見かけなかった按摩揉み療治が金座裏の縄張り内に急に増えた。だが、どれを捉《とら》えても伊助ではなかった。

「伊助め、こっちの手の内を読んだように攪乱《かくらん》してやがるぜ。ということは伊助が江戸にいるということよ。政次、伊助の手に惑わされることなく柳橋に網を張り続けろ」

宗五郎が政次らが浮き足立たないように引き締めた。だが、宗五郎は亀戸で伊助に立ち聞きされたなんて考えもしなかった。伊助は宗五郎の話を聞いて柳橋界隈に俄《にわか》に按摩を送り込んだのだ。

お冬は小冬《こ ふゆ》の源氏名《げんじ な》をもらい、見習い芸者として昼は見番で三味線や歌を稽古し、夜は座敷にと大忙しの日々を過ごし始めた。

そんなお冬の決心を再び読売が書き立てた日の夕刻、大横丁の料理茶屋百川にて正月十四日に催され、途中で終わったままの宝引きが再び催されることが同じ読売で告げられた。

魚河岸の面々とい組の兄さん連が話し合い、お夏の非業《ひごう》の死で中途半端になった宝引きを行い、お夏の霊を慰めるとともに景品を換金して弔慰金としてお夏の家に渡すというのだ。

そんな話が読売に載ったのだ。

この背景には政次が動いて、大番屋に保管してあった景品を下げ渡すことを北町奉行所に願い出て許され、京次《きようじ》ら宝引きを主催した連中に戻したことがあった。

料理茶屋百川の二階の大広間に予約が入り、お夏が死んだ夜に集《つど》っていた面々が再び顔を見せ、その座敷に美木松、雛奴、見習い芸者の小冬が呼ばれた。

芸者小夏は賑やかなことが好きだったということで、宴も故人の明るい気性を酌んで大騒ぎで始まり、大騒ぎのままに果てようとした。

こたびの宝引きの世話方を務めた京次が、

「とーざい東西、ご一統様に申し上げます」

と口上を述べ始めた。すると一座が静まり、京次の口上が百川の表まで響き渡った。

「元々この宝引き、正月十四日の宵に、魚河岸のご一統とい組の面々の親睦《しんぼく》を狙いに企てられたお遊びにございます。その席でご承知のように、わっしらの遊び心に乗った芸者の小夏が景品を買って出てくれました。

小夏の申し出に座が大いに沸いたことをわっしは昨日のことのように思い出しますよ。伊助ってか弱い娘ばかりを殺害してきた野郎がこの二階座敷に忍び込み、小夏を殺そうなんて、わっしら夢にも考えませんでした」

京次は口上を止め、感慨にふける表情を見せた。

「魚河岸もい組も江戸っ子の俠気《おとこぎ》、伊達《だて》が売り物のお兄《あに》いさん方ばかりだ。伊助なんて半端野郎に遊びを邪魔されたまま、中途半端にしておくのは悔しいや。そこでさ、おれたちは、宝引きを最後までやり遂げて、小夏の意気に感謝申し上げ、おれたちの意地を通そうと考えたんだ。そいつが宝引きを再開しようと企てた経緯だ」

「おうおう、い組の京次兄い、その心意気に乗った乗った！」

「今宵はおれたちだけの小夏の弔いだ！」

と仲間たちが京次の口上に賛意を示した。

京次が場を手で制して、

「宝引きの景品はすべて小夏の家族に贈ろうと思うたが、久吉さんはおれたちの気持ちだけで十分、この品々がいくらになるかしらないが、飢饉《ききん》に見舞われたときの御救《おすくい》小屋に寄付しなされと勧められた。てなわけで芸者小夏の供養と金座裏の政次若親分らが伊助捕縛に昼夜江戸の町を走り回っていることを陰から応援すべく、こうして宝引きを執り行うことになったんだ。すでに大番屋から下げ渡された景品は元のまま、鮪《まぐろ》だけが本日河岸に上がった鮪に変えられた。いいかえ、伊助なんて下司《げす》野郎に負けねえでよ、最後まで賑やかに執り行うぜ」

と宣告して、

おおっ！

と仲間たちが沸いた。

「おい、京次さん、慶長大判入りの古財布ももとのままか」

「ああ、金座裏の親分さんから下げ渡されてきているぜ」

「よし、おれ、古財布を引く」

「引いてどうしようてんだ、八兵衛《はちべえ》。景品すべては金に換えてよ、お上の御救小屋に届けられるんだよ」

「古財布だけどかしてくんな、おれのもんだ」

「八、てめえだったな、どこぞの蔵を漁《あさ》って石臼《いしうす》と杵《きね》を持ち込んだのは。小夏はてめえの出した景品の代わりになって殺されたんだぞ。てめえだけ、慶長大判を懐に入れようなんて、ふてえ了見だ」

「了見がふとくても慶長大判をひと目見てえや。京次の兄いは欲しくないか」

と反論されたい組の小頭が急に言葉につまり、

「ほ、ほしいや。だがな、ぐうっとこらえて我慢するのが町火消の心意気、江戸っ子というもんだ。分かったか」

「わ、分かった」

と座が静まったところで藤吉《とうきち》が人数分の縄を控え座敷から大座敷に引っ張ってきて、控え座敷との襖《ふすま》を縄のぶんだけ開けて閉めた。

「美木松、三味線を掻き鳴らせ、雛奴、鉦《かね》を叩け！」

と京次が命じて、正月十四日の宵が再現されようとした。

「魚河岸の皆さん、い組のお兄いさん、うちの姉ちゃんのために宝引きをやり直してくれてありがとう」

見習い芸者の小冬ことお冬が座敷の端から頭を下げた。

「お冬ちゃん、おまえさんから礼を言われるこっちゃないよ。おれたちのむしゃくしゃした気持ちを金座裏の政次若親分がくんでさ、この場を作ってくれたんだ。礼を言うなら政次さんに言いねえな」

魚河岸の小田龍《おだたつ》の若旦那の荘次郎《そうじろう》が小冬に言った。

そのとき、大横丁の路地に一人の按摩揉み療治がいて、不自由な両眼を賑やかな百川の二階座敷に向け、思案の体を見せた。

その様子を常丸ら金座裏の手先たちが路地のあちらこちらから見ていた。百川の黒《くろ》板塀《いたべい》の反対側でも同じようにもう一人の按摩が佇《たたず》んで、

「賑やかな座敷だね、やっぱり江戸は在所とだいぶ違うだ、銭もっている人があちらこちらにいるもんだ」

と呟いていた。

さらに、百川の二階座敷の屋根の一角に設けられた物干し場に一つの影が潜んでいた。

口に自ら鍛造した鋭利な長針を咥《くわ》えたのは信州上田藩松平家の元中間小頭の伊助だ。

数日前、亀戸天神で自らの手で殺《あや》めた芸者小夏の妹が姉の仇を討つために芸者になったと聞かされた伊助は、

（小娘風情に仇なんぞ討たれてたまるもんか）

と小冬という源氏名をもらったという妹をどうしたものか、思案していた。

決心がつかないのは、この宝引きの背後に金座裏の策が見え隠れすることだ。必ずや百川の内外に手先たちが隠れ潜んでいよう。

伊助は一日前から百川の床下に潜み、少なくとも百川の内部に金座裏の手先たちは入り込んでいないことを確かめていた。そして、この捕り物には九代目宗五郎は関わらず金座裏に控えていて、十代目の若親分が指揮していることが百川の帳場の女将の洩らす言葉などで分かっていた。

幕府開闢《かいびゃく》以来の御用聞きで、金流しの十手の親分の威勢は江戸じゅうに知れ渡っていた。その九代目の宗五郎には跡継ぎがなかったそうだが、古町《こまち》町人の松坂屋の手代が金座裏に鞍替《くらが》えして、

「十代目若親分」

として売り出していた。

（金座裏の罠にどう立ち向かうか）

若親分と崇《あが》め奉《たてまつ》られてもまだ二十四、五の若造だ。

（なんとしても小冬を殺めたい、金座裏の鼻を明かしたい）

小夏の驚く顔と、そのあと針を突き通したときの感触を思い出し、伊助は、
ぞくり
と身を震わせた。

伊助が殺しに快楽を覚えたのは従妹のおきちを堀に突き落としてもがき苦しむ顔を見た瞬間だ。両親が亡くなり、叔母の家に引き取られ、使用人以下の扱いを受ける中で十五になったときに、叔母に閨《ねや》の相手までさせられた。

おきちにそのことをなじられたとき、衝動的に堀へと突き落としたのだ。

そのとき以来、娘を殺す快楽を長いこと封印してきた。

松平家の中間奉公で伊助が胸に秘めた欲望を自らに禁じてきたのは、よき理解者であった江戸家老沖津仁左衛門の存在があったからだ。先代の江戸家老は、芝居好きというだけで身分違いの伊助を認め、芝居見物には必ず供を命じた。

屋敷内では、

「ご家老は中間小者を甘やかしなさる」

と陰口を叩く者もいたが、藩内で絶対的な力を持つ沖津に面と向かっていえる家臣などいる筈《はず》もない。

だが、半年前、先代の沖津仁左衛門の死によって、伊助の屋敷内の地位は下落した。

ただの一中間に戻ったのだ。

それでも伊助は危険な欲望を表に出すことはしなかった。ところが今から四か月半以上も前のことだ。

深川の下屋敷に使いに行かされ、夕暮れ前に使いを終えて、小名木川沿いに深川海《うみ》辺《べ》大工《だいく》町まで差し掛かったとき、高橋《たかばし》を渡って屋敷奉公と思えるお女中がふいに姿を見せた。

幼さを残した白い顔を見たとき、伊助はとっさに娘のあとを尾行し始めていた。娘はどうやら屋敷に戻ると思えた。

伊助は娘が屋敷に戻ったならば、次の機会をと考えながら寺町に差し掛かった。すると、娘が思いがけない行動をとった。

なんと浄心寺の山門を潜って、東西に長い境内を東へと向かい、墓にお参りしたのだ。

その様子を墓石の陰から伊助は見詰めていた。

娘は墓参りのあと、浄心寺の東門を出て、入り組んだ堀に架かる橋にしばらく物思いに沈むように佇んでいた。

伊助の目に深川吉永町の材木置き場が止まった。

八つに折った手拭いを手にすると、いつも襟に差し込んである長針を確かめた。

一人の娘を殺せば、体が次の快楽を求め、大掃除に蔵に独りいた松平家のお女中のお小夜を、さらには沖津の供でよく承知している大横丁の料理茶屋で小夏という芸者を殺めていた。

三人殺して疑われている風もなかった。それが急に金座裏がしゃしゃり出てきやがった。

迷う伊助の耳に小冬の声が伝わってきた。

「私、お姉ちゃんの代わりに宝引きの景品になる」

「おい、やめておきな。おめえの姉さんは座を盛り上げようと景品に志願して、殺される羽目になったんだぜ。まだ、伊助って野郎は捕まってねえというし、危ない真似はさせられないよ」

「小田龍の若旦那、お気持ち、有難うございます。でも、伊助なんて臆病ものは、とっくに江戸を離れていますよ。へいきへいき」

と小冬が襖を開けて、控え座敷に入った気配があった。

「よおし、おれが必ず小冬を引き当て、姉さんの想《おも》いを遂げてやろうか」

「だめだ、浩太郎《こうたろう》さん、おれが小冬と決まっているんだよ」

などとまた大座敷が賑やかになり、小冬は大座敷からもれてくる行灯《あんどん》のわずかな灯《あか》りで、

「さあて、どの景品と代わろうかな」

と言いながら、控え座敷に座り、桑材の煙草盆に結ばれた縄の端を解《ほど》き、自らの手首に結んだ。

そのとき、伊助は二階の屋根の物干し場から二階の大廊下に出ると、控え座敷に近付いた。

小冬は控え座敷の真ん中に座って、

「清三郎《しんざぶろう》兄さん、私を上手に引き当てて」

と姉のお夏と同じように隣座敷に叫んでいた。

「おお、待ってな」

と清三郎の声が応じて、小冬は控え座敷に寝た。すると控え座敷の隅に大屏風《びょうぶ》があるのが見えた。

「よし、おりゃ、この縄に決めた！」

と叫ぶ声が隣座敷から響いたとき、廊下側の障子がすいっと開かれた。

小冬は頭に風を感じて、顔を向けた。暗がりに顔が浮かんでいた。

（まさか）

隣座敷に向かって叫ぼうとしたが、声が出なかった。

伊助は片膝をつくと、すいっと小冬に近付き、手にした芝居手拭いで見習い芸者の口を封じようとした。

小冬は逃げようとしたが、体が動かなかった。

（姉ちゃん、助けて）

胸の思いは恐怖のために言葉にならなかった。

伊助の手拭いを持つ手が小冬の口を塞《ふさ》ぎ、引き寄せようとした。

そのとき、
ふわり
と控え座敷の隅に立てられてあった大屏風が倒れてきた。

伊助が口に咥えた長針を手にして構えたときのことだ。

（なんだ、なにが起こった）

伊助が動きを止め、大屏風の陰に人影を見た。その手から平織紐の先に結ばれた道具が飛んで、

がつん

と伊助の顔面を強打した。

伊助は片膝ついた中腰の姿勢のままに後ろに飛ばされて、壁に背中を打ち付けた。

うっ

息が一瞬止まり、顔面に痛みが走った。

（逃げなければ）

と立ち上がろうとする首に最前顔面を強襲した道具が再び襲い、そいつが首にくるりと巻きつき締め上げ、

ひょい

と平紐が男の腕で横手に引かれた。すると伊助の体が宙を舞って大座敷との仕切りの襖を突き破って、大座敷に転がった。

「な、なんだ」

と大座敷の面々が立ち上がった。

控え座敷から小冬の手を取りながら、長軀《ちょうく》の若者が姿を見せた。

「政次さん」

「若親分」

と口々にい組の兄さん方が政次の名を呼んだ。

政次のもう一方の手には平織紐が握られており、その先にある銀のなえしは伊助の首に絡んで血塗《ちまみ》れの胸前に下がっていた。

「伊助、観念しなされ。金座裏はおまえのような男をのさばらせてはおかないんですよ」

と松坂屋の手代時代さながらの丁寧な口調でいった。

わあっ!

と叫んだ伊助がまだ手にしていた長針を翳《かざ》して、政次に襲いかかってきた。

政次は小冬を背後に隠すと平紐を持つ手をふたたび虚空に振り上げた。すると伊助の体が虚空に浮いて、大広間の畳に叩きつけられた。

「観念しなさいと言いましたよ」

と静かに政次がいうところに金座裏の面々が飛び込んできた。

「若親分、怪我《けが》はねえか」

と亮吉が短十手を翳して叫び、

「亮吉、こやつをお縄にしなされ」

と静かに命じた。

「が、合点だ」

亮吉が独楽鼠さながらの機敏な動作で伊助の背中に自らの片膝を押し付け、手を捩《ね》じり上げた。

「お冬ちゃん、怪我はないね」

政次が十五歳のお冬を振り向いた。

「わ、若親分、だ、大丈夫よ」

「それはよかった」

「わ、わたし、わ、若親分の嫁になる、決めた」

茫然自失としていた魚河岸とい組の面々がお冬が叫んだ突飛な言葉に、

「こりゃ、いいわ、お冬」

と笑い出した。

無念の死を遂げた芸者小夏の仇が討たれた宵だった。

第五話　真打ち登場

一

昼下がり、宗五郎《そうごろう》は金座裏《きんざうら》をぶらりと出て、日本橋を渡り、江戸の繁華な町並みを抜けて、通りを南に向かっていた。

「金流しの親分、また若親分が手柄を立てたってね」

「そうそう、読売で読みましたよ」

「いい、跡継ぎがきて金座裏も万々歳だね」

などと顔見知りの住人が声をかけてくれた。

宗五郎は一々会釈を返したり、

「ありゃ、政次《せいじ》ばかりの手柄じゃないよ。北町奉行所やら手先たちのお蔭だ。なにより柳橋や大横丁の料理茶屋百川《ももかわ》の力添えがなければできなかったことだよ」

と応じたりした。

「ふっふっふ、なんだか親分が褒められたより嬉《うれ》しそうな顔だね」

「もうわっしも隠居の齢《とし》が近いや、秋には孫も生まれる。金流しの十手《じって》を譲って政次と代替わりだ」

「九代目、それはちょいと早いよ。政次さんはなかなか利発機敏な若親分だがね、松《まつ》坂屋《ざかや》さんの奉公があった分、経験が足りませんよ。こたびのことのようにさ、九代目が知恵を貸しながら、政次さんをどっしりと後見するからさ、若親分も手柄が立てられたんですよ。あと四、五年は金座裏から睨《にら》みを利かしてもらわないと、私たち、古《こ》町《まち》町人も安心していられませんよ」

中橋広小路の角にある刃物屋一文字屋《いちもんじや》の主《あるじ》助左衛門《すけざえもん》が真面目《まじめ》な顔で言ったものだ。

「そうかね、長火鉢の番で猫か孫のお守りをしながら、知恵を貸すくらいできそうだがね」

と言葉を返しながら、京橋を渡り、尾張《おわり》町二丁目で左折した。

半丁も行くと三十間堀町の先に木挽《こびき》橋が見えてきた。

この橋、土地の人は五丁目橋とも呼んだ。三十間堀の両岸、三十間堀町、木挽町とともに五丁目近くに架かる橋だからだ。

宗五郎は木挽橋の中ほどで立ち止まり、少なくとも無辜《むこ》の娘三人を長針で刺殺した伊助《いすけ》を政次が捕まえて以来、この数日の慌ただしい騒ぎの日々を思いおこしていた。いびつにも邪悪な快楽を感じるために武家奉公の二人と芸者一人を殺し、その妹を狙《ねら》ったために金座裏の手に落ちた伊助が犯した殺人さわぎは、読売が大々的に、

「宝引《ほうび》きさわぎ、芸者殺し」

とか、

「連続娘殺し」

とか大きな見出しで報じたために、江戸じゅうの人々が知るところとなった。

北町奉行所では、政次と政次が企てた宝引き再現に協力した魚河岸《うおがし》とい組の代表を奉行所に呼んで、ご褒美が下賜《かし》されることになった。

宗五郎はちょうどこの刻限、政次たちが奉行の小田切直年《おだぎりなおとし》からお褒めの言葉を頂戴している時分だと思いながら、

「まあ、おれの代で金座裏を絶やさなくてよかったぜ」

と安堵《あんど》した。

三十間堀には大小の荷船や猪牙舟《ちょきぶね》が春の長閑《のどか》な陽射《ひざ》しをうけて、往来していた。

さあて、こっちもひと仕事しなくちゃなるめえ、と宗五郎は木挽町へと渡り、河岸道と武家地に細く伸びた木挽町で表具師、絵繕師を営む吉川長右衛門《よしかわちょうえもん》方の間口三間半

の作業場の前に立った。

「ご免なさいよ」

宗五郎の声に忙しそうに働いている職人衆数人が顔を上げた。その中の一人が宗五郎の顔を見て、
どきり
としたように身を竦《すく》ませた。

「なんぞ御用ですか」

と奥から長右衛門が掛け軸を手に姿を見せた。

「親方、商い繁盛でなによりだね」

「金座裏の親分さんでしたか」

「ちょいと相談事がございましてね、寄らせて頂きました」

「なんでございましょうな」

長右衛門が繕っている掛け軸を四十過ぎの職人に渡して、作業場の隅から座布団を持って上がり框《がまち》にきた。

「おまえさんが倅《せがれ》の竹之助《たけのすけ》さんだね」

宗五郎が羽織の裾《すそ》を軽やかにはねて、座布団に腰を下ろしながら、職人にしては色

が白く、整った顔立ちの男を見た。

「へえ」

「そして、そちらが職人頭の周吉《しゅうきち》さんか」

親方から掛け軸を受け取った職人を見た。すると暗い目付きの職人が頷《うなず》いた。この三人の他に職人が二人に見習いの小僧が一人いた。なかなかの繁盛の表具屋だった。

「いえね、町方が首を突っ込む話じゃないのさ。こういえばなんとなく分かって頂けそうな。竹之助さんの嫁だったお駒《こま》さんの実家といささかうちは縁がございましてね、あちらから頼まれて、まあ掛け合いに来たんですよ」

宗五郎は彦四郎《ひこしろう》の頼みとは言わなかった。嘘も方便、お互いのためになればと思ったからだ。

竹之助が顔を上げて宗五郎を見たが、宗五郎と目が合うと慌てて逸らした。

「金座裏の親分さんも忙しいんですね」

奥から声がして長右衛門の女房が姿を見せた。たしかおきねという名だったと宗五郎は記憶を手繰った。

「おかみさん、まったくのお節介で相すまないね」

「お駒の実家に頼まれた用事とはなんですね」

女房がべたりと板の間に座り、宗五郎を険しい眼差しで見た。

「おかみさんに正面から睨《にら》まれると言い出し難《にく》いがね、お駒はもう木挽町のこの家に戻らないそうな。そこでさ、お互いに新たな道を進むために親方、おかみさん、竹之助さんや、潔く離縁状を一筆書いてはくれませんか」

「おや、親分さんはおもしろいことを言いに来なさったよ。うちの嫁はまともな話し合いもなしに勝手に家を出ていったんですよ、犬の仔じゃあるまいし、それはないよ。それにさ、離縁状は夫の竹之助がだすもので、嫁のお駒が願うもんじゃないと思うがね。金座裏はそんな道理が分からない親分さんかえ」

おきねが居直ったように宗五郎に言い放った。だが、親方の長右衛門も竹之助も顔を伏せてなにも言わなかった。

お駒がこの家を出た理由には姑《しゆうとめ》との確執もあってのことかと宗五郎は気付かされた。

「おかみさん、おまえさんの申されるとおりに並みの離縁状は夫が出す。だが、なにもそうとばかりいえめえ、決まりごとがあるわけではないのさ。お駒はこたびのことは私の決心、ゆえに嫁入りの折の持参金は要りませぬというているんだがね」

「親分、勝手な言い分ですよ。嫁がなんでごちゃごちゃと金座裏を通して註文《ちゆうもん》をつけるんですね。竹之助になんの落ち度があるんですね、親分、聞かせて下さいな」

おきねがさらに言い立てた。

「そうかえ、おきねさん。離縁状は出さねえと仰《おつしや》いますかえ」

「あたりまえのことですよ。なんで嫁の言いなりにならなきゃあならないんですね」

おきねは宗五郎が下手《したて》に出ていることをよいことにますます言い募った。

「ならば申し上げましょうか、おかみさん。竹之助さんにはおだいさんって、女がいるそうじゃありませんか。こちらの親方が修業した麴町《こうじまち》の表具師、竹之助さんにとって大師匠の出戻り娘だ。竹之助さんが親父様の命《めい》で麴町に住込み修業した折に、情けを交わしたようでさ、以来、お駒との所帯を持ったあとあとまで続いているのはさ、この界隈《かいわい》の人もとっくと承知のことだ」

穏やかに告げた宗五郎が竹之助を見た。

「おまえさんがお駒に未練があるのは分かっている。家を出て実家の亀戸に戻ったお駒を何度も訪ねて、家に戻れって迫ったくらいだからな。その折の言い草がいいじゃないか、おだいとは大師匠の娘ゆえ、こちらから縁が切れない。だけど、おれの女房はおまえだけだって、そんなことを言ったようだね」

「竹之助、お駒の実家に訪ねてそんなことを言ったのかえ！」

とおきねが叫んだ。

だが、竹之助は顔を伏せてなにも答えない。

宗五郎の視線は長右衛門にいった。

「親方も親方だ、おだいと竹之助に所帯を持たせて、お駒には職人頭のどなたかの嫁になれと言われたそうな」

「お、おまえさん！」

こんどはおきねが亭主に向かって叫んだ。

「お駒をおだいの一件で放り出しては、うちがいかにも阿漕《あこぎ》に見えるじゃないか」

おきねの顔を見ることなく長右衛門が呟いた。

宗五郎の視線が外にいき、

「軒下のお方、どうですね。こちらに入って来られませんかえ」

と声をかけた。すると大柄な女が、
すうっ
と表具屋の土間に入ってきた。

「竹之助さん、あんた、お駒に未練がないなんて言って、亀戸まで会いに行っているの。なんなの、お駒を本妻に据えたまま、私を妾《めかけ》にして付き合おうって魂胆なの。都合がいい話じゃないかえ」

突然のおだいの出現に長右衛門も竹之助も慌てふためいた。

「おだいさん、たしかに都合がいい話だね」

じろりと、おだいが宗五郎を見た。

「親分さんは、お駒の離縁状をもらいに来なさったのね」

「そういうことだ」

「竹之助さん、私の前でさっさと書くがいいじゃないか。ええ、それともお駒に未練があって書けないというのかえ」

おだいの大顔が竹之助をきいっと睨み、おきねがさあっ、と奥へ姿を消した。

「小僧さん、硯《すずり》を貸してくれませんかね」

宗五郎ののんびりとした声がした。

小僧が竹之助を見て、立ち上がった。

「さあ、私が見ている前で三行半《みくだりはん》をさっさと書きな」

竹之助は、おだいと宗五郎に睨まれて道具を置くと上がり框にきた。

小僧が硯箱を宗五郎の前に持参し、宗五郎が懐から用意してきた半紙を出して竹之助の前に広げた。

「離縁状なんて書いたことがないよ、親分」

とぼそぼそと言い訳し、抵抗した。

「竹之助さん、わっしが言う文言《もんごん》どおりに書きなされ。いいかえ」

「は、はい」

竹之助は窮したように頷き、宗五郎が竹之助の筆先の動きを確かめながら離縁状の書き方を指南した。その文言は、

「其元儀駒相談の上、離縁いたし候《そうろう》うえは、何方《いずこ》え縁付《えんづき》候とも、また娘かなともども我ら方にて一切差構無御座候。なおこの一件金座裏の宗五郎が立ち会い申し候。仍《よっ》て如件《くだんのごとし》」

というものだ。

「いささか三行半の書式より五行と長いが出来ましたよ。ついでに申し上げておきますが、お駒がこの先、おかなといっしょにどのような暮らしをしようとこちら様には関わりがないという証文にございますよ。どなた様もようございますね」

念押しした宗五郎が竹之助の手から証文を摑《つか》みとり、ふうっ、と息を吹きかけて文

字を乾かすと、

「おだいさん、竹之助さんと幸せにな、暮らしなされ」

と言い残して、表具師、絵繕師の家を出た。

宗五郎が木挽橋を渡り、尾張町に向かって歩いていくと八百亀《やおかめ》が姿を見せて、肩を並べてきた。

「親分、一件落着かえ」

「八百亀が麴町からおだいを引き出してくれたんでな、あっさりと片付いたぜ」

「十手持ちが離縁状を認《したた》める片棒を担ごうとは思わなかったぜ」

「齢を食うとこんな御用も回ってくらあ。おれたちは若い奴らの縁の下の力持ちだ」

「違わねえ。親分は朝方、松平様の屋敷に伺ったようだが、あちらじゃあ、なんぞこたびのこと言っておられましたかえ」

「伊藤《いとう》表用人は、事前におれの忠言で伊助を屋敷奉公から辞めさせたことにしておいてよかったと胸を撫《な》でおろしていたな。まあ、考えてみれば上田藩松平家もお女中を一人殺されたんだ、迷惑を伊助に掛けられた口だ。これで屋敷の名が世間に知れては、外聞も悪かろう。先代の江戸家老もこの世の人ではなし、このあたりが落としどころだ」

「芝居好きが縁で江戸家老と中間が付き合うなんて悪い話じゃないがね、伊助もなんで娘殺しなんて病に憑《と》りつかれたかね」

「お調べが進めばいくらか伊助の本心が伝わってくるかもしれめえ。だがな、このような事件は本人の胸深くに真の原因があってさ、当人だってよく分かってねえことがままある。どこまでお白洲《しらす》で解明されるかえ。人間の業《ごう》というものは底知れぬほど深くて広いものだ」

「飯盛《めしも》り女に夢中になっている亮吉《りょうきち》なんぞのほうがましということかえ」

「まあ、そんなところかもしれねえ。ちょいと早いが豊島屋《としまや》さんに顔を出す前にさ、綱定《つなさだ》に寄ってこの書付を彦四郎に渡していこう」

　宗五郎が懐の離縁状の突っ込まれているあたりの前帯をぽんと叩いて、二人は尾張町から龍閑橋《りゅうかん》に向かった。

　そんな刻限、政次は魚河岸の若旦那の荘次郎《そうじろう》やい組の小頭の京次《きょうじ》といっしょに北町奉行所を出た。

　宝引きの最中の芸者小夏《こなつ》殺しを含む連続三人娘殺しは、大横丁の料理茶屋百川で再現された宝引きの場に伊助が姿を現し、小夏の妹の見習い芸者小冬《こふゆ》を殺そうとしたところを政次が銀のなえしを使って召し捕った、それで一件落着になった。

江戸じゅうの娘たちを恐怖に陥れたさわぎを食い止めたというので、金座裏の政次と、それに協力した魚河岸とい組の代表二人が呼ばれ、北町奉行の小田切土佐守《とさのかみ》直年からお褒めの言葉と下賜金がそれぞれに渡された。

この場で京次と荘次郎は宝引きに供された景品を売った、総額百六十二両三分を飢《き》饉《きん》の折などに設けられる御救小屋にすべて寄贈することを申し出たのだ。

小田切奉行より、

「本来なれば、かような高額の景品の宝引きは芳《かんば》しい風潮ではない。じゃが、こたびの宝引きの代価すべて御救小屋に寄贈されるという。このこと、幕府としては実に悦《よろこ》ばしい行いである。仍てここにそなたらの厚意を無にすることなく、御救小屋の資金としてありがたく使わせてもらう。魚河岸、火消い組、奉行からも礼を申すぞ」

と二人は格別に声をかけられて、上気した顔で奉行所の表に姿を見せたところだった。

「政次さんよ、おれには一つ分からねえことがあるんだがね」

と荘次郎が言い出した。

「なんですね」

「幸乃浦《さちのうら》の清三郎《しんざぶろう》さんが古財布に入れて、景品にした慶長大判さ。亡くなった親父様が墨壺《すみつぼ》に隠しておいたものだったな。倅《せがれ》の清三郎さんすら、うちにあるような代物じゃないと、宝引きに出したくらいの大物景品だよ。それが小夏の騒ぎであからさまになり、慶長大判の出処《でどころ》が調べ直されたんじゃなかったのかえ。おれたちはてっきり、再現された宝引きの景品にはあの慶長大判は出てこねえと思っていたんだ。それが正月の十四日と同じように出てきたんで、驚いたぜ」

「そうそう、おれもびっくり仰天よ」

と京次が応じて、

「政次さんに聞こうにも、小夏を殺した下手人を捕まえるのに必死でよ、聞く暇もなかった。ということはだよ、清三郎さんがなにも後ろめたく感じなくてもいい、大判だったんじゃないのか。ならばこたびは景品に出さずに引き下げて、手元においてもよかったと思うがね」

「荘次郎さん、京次さん、その一件ならば、私も同じ気持ちですよ。私たちが伊助捕縛で忙しいというので、親分がこの一件の調べを申し出られたんですよ。清三郎さんの親父様の最後の普請場が大身旗本青木《あおき》様ということで、そこいら辺りから調べられたはずですが、その後のことは親分から聞いてはおりませぬ。どうです、今宵、豊島屋で会われたとき、じかに親分にお聞きになっては」

「よし、聞いてみる」

と応じた荘次郎に、

「だけどさ、清三郎さんも太っ腹だね、若親分から戻された大判を京次さんじゃないが、なにも真っ正直に景品にしなくてもいいじゃないか。家のお宝にしておくがいいじゃないか」

「京次さん、私も清三郎さんの気持ちに驚かされました」

と政次が応じて呉服橋を渡った。

青い空に鳶《とび》が悠然と舞って、江戸八百八町を見下ろしていた。

二

豊島屋の隠居の清蔵《せいぞう》は朝からそわそわしていた。

松の内、江戸が長閑《のどか》と思っていたら、大横丁の料理茶屋の百川で若い芸者が宝引きの最中に殺されたというので、江戸じゅうの関心がそちらに集まり、金座裏の面々が顔を出すどころではない。芸者小夏の殺しに関わりがあるというので、町火消い組の連中も姿を見せず、一日いちどは大きな体を見せる彦四郎までこのところご無沙汰《ぶさた》だ。

そのうえ、小夏を殺した下手人は何人も若い娘を殺したというので、日暮れ前から若い娘は出歩かなくなった。稽古《けいこ》ごとに出向く娘たちも奉公人や家の者が従って、そそくさと鎌倉河岸《かまくらがし》を通り過ぎた。

娘らが豊島屋に酒を飲みに立ち寄るわけではないが、なんとなく江戸じゅうが浮足立って落ち着かない。

兄弟駕籠《かご》の繁三《しげぞう》と梅吉《うめきち》まで豊島屋に姿を見せても、店を見回し、

「なんだ、だれもいねえや。兄い、長屋に帰ってよ、酒飲んだっていっしょだよ。豊島屋になにも稼がせることもねえ、帰ろぜ」

と出ていく様子を見せる。

「繁三さん、梅吉さん、長年の馴染《なじ》みじゃないか。そんなつれない仕打ちはなかろう。だれもいないなんて言わせませんよ。こうして定席にでーんと豊島屋の清蔵が鎮座して、小僧の庄太《しょうた》もお菊《きく》も皆さんの御用を伺おうと控えておりますよ」

とふだんは出さない猫なで声で呼びかけた。

梅吉が身をぶるっと震わせ、繁三が、

「ああ、気持ちわる。豊島屋の隠居さん、なにか悪いものでも食ったんじゃないか。

気色わるい声を出すから客がこねえんだよ」

とそそくさと表に出ていった。

「あーあ」

と深い溜息《ためいき》を吐《つ》いた清蔵が、

「娘殺しの下手人が捕まらないと豊島屋は店仕舞ですね。慶長元年に初代豊島屋十《じゅう》右衛門《えもん》様が店の片隅に開いた酒屋も私の代で終わりとは、ご先祖様に顔向けができませんよ。うちは二百年以上も続く老舗《しにせ》のお店《たな》ですよ、二百年というと私が三回は生まれ変わる勘定ですよ。それが私の代で看板を下ろす、なんてこったねえ。お菊、客がいないんじゃ、おまえがいてもしようがありません。早く長屋にお帰り、芸者さんを殺した野郎に狙われますよ」

と力なく呟《つぶや》き、

「大旦那、しっかりしなよ。金座裏の若親分方が走り回っているんだ、その内、捕まりますよ。そしたら、元の豊島屋のようにさ、お客さんが詰めかけてきますって。いまは辛抱のときですよ」

と小僧の庄太に慰められた。

「いや、こんどばかりはだめかもしれません。あーあ、江戸で『山なれば富士、白酒なれば豊島屋』と謳《うた》われ、その名も高い酒問屋の豊島屋は私の代で終わりです。親父がなぜか私には十右衛門を継がせなかった、あれは私が暖簾《のれん》を守りきれないと思って、清蔵のままにしたんです。いまになって分かりました、親父はたしかに先見の明がありました。もう、だめだ」

と嘆くところに奥から女房のとせが姿を見せて、

「はいはい、清蔵はこれで終わりです。ですが、豊島屋はすでに倅が十右衛門を継ぐことが決まってます、安泰《あんたい》です。あとは商いの差し障りになる隠居じじいの処遇です。庄太、どこぞ江戸近くに爺捨《じじす》て山はありませんか」

「おかみさん、姥捨《うばす》て山なら聞くがね、爺捨て山か。江戸は平らですからね、山は愛宕山《あたごやま》くらいですよ。あそこに捨てても帰ってきそうだし、となると筑波山《つくばさん》かな」

「筑波山ね、むこうがお困りだろうね。こんな爺様を捨ててきたらさ」

「そうですね。愚痴ばかりいう年寄り爺さんは始末に困ったものですね、いっそ前の御堀に流したらどうです」

と庄太と掛け合ったが、清蔵の表情は虚《うつ》ろで、こちらの話に乗ってくる気配はない。

後日のことだ。読売屋が景気よく鎌倉河岸を、

「捕まったよ、捕まった！　芸者小夏を始め、若い娘三人を殺した下手人が、金座裏の政次若親分の手で捕まったよ！」

と駆け抜けた途端、もとの賑やかな清蔵に戻った。

「ほっほっほ、天網恢恢疎《てんもうかいかいそ》にして漏らさず。江戸にはうちと親戚付き合いの金座裏の親分が控えていなさるんですよ。庄太、お菊、とせまでぼうっとして、商いの家に活気がないのは困りものです。暖簾を潜ったとたん、いらっしゃいましって、景気のいい声がかかるから客も、『ようし、飲もうか』って気分になるんですよ。酒の燗《かん》をつける仕度はできていますか、田楽《でんがく》の仕込みは終わってますか」

と急《せ》きたてた。

「ご隠居、大旦那、下手人が捕まったのは昨夜のことですよ」

「庄太、そんなことおまえに言われなくとも承知しています。だから、こうして私が豊島屋の商いの陣頭指揮をとろうというのです。お菊、あっちの卓が汚れてますよ」

「はい」

とお菊が返事して卓を見にいったが、

「ご隠居、どこも汚れてませんよ。きっと光の具合で見間違いです」

「お菊ちゃん、差し込む光の加減じゃないさ。ご隠居の眼が衰えたっていうことよ」

「お菊、庄太、私が汚れているといったら、汚れているんです。黙って拭《ぬぐ》うのが奉公人の務めです」

「はいはい」

とお菊が返事をして手にした布巾でかたちばかり卓を拭った。

「お菊、はいは一つでいいんです、二つ重ねると小ばかにされたようで気持ちが悪うございます。庄太、なにをにやにや笑っていなさる。金座裏を筆頭に大勢のお客様が詰めかけてこられるんですよ。それをぼおっと突っ立って、それで商いができるとお思いですか」

「ご隠居、落ち付いて下さいな。下手人の伊助は昨夜のうちに大番屋に送られて、捕まったときにこさえた怪我《けが》の治療に八丁堀のお医師が呼ばれて、治療をうけ、そのあと、水を一杯もらって落ち着いたところで、北町の下調べが始まったのは、夜半のことだそうです。ざっと調べられただけのこと、本式のお調べは今日からですよ。となると政次さん方が暇になるのはもう二、三日あとのことです。そんなこと、豊島屋の常連の客ならばだれもが承知です。それをどうして主たる清蔵隠居は分からないかね、嗚呼《ああ》ー」

と庄太が嘆いた。

「そんなこと、奉行所に任せるがいいじゃないか」

「大旦那、ご隠居、網を張って苦労して下手人を御用にしたのは金座裏の面々なんですよ。ついでに魚河岸とい組の若旦那や若い衆が宝引き再現を手助けした。となれば、魚河岸もい組も吟味方《ぎんみかた》から事情を聞かれましょうが、となると魚河岸だって、い組だって忙しい」

庄太の言葉に清蔵はがっくりと腰を上がり框《がまち》に落とした。

「やっぱり豊島屋は私の代で終わりかね」

「はいはい、もう倅に代替わりして、おまえさんの出る幕なんぞはございません。庄太、爺捨て山は見つからないのかい」

とおとせに言われて、清蔵はいよいよしょんぼりした。

だが、金座裏から亮吉が飛んできて、

「清蔵の大旦那、いや待てよ、もう清蔵さんはなんの実権もないんだったな。おかみさん、おとせさん、今宵ね、小夏ちゃんを殺《あや》めた下手人を捕まえた打ち上げをこちらでやるんだって、親分からの言付けだ。魚河岸もい組も姿を見せるよ。おれが連絡に回るからさ。大勢だから席を空けておいてね」

「あいよ」

おとせが返事をして庄太、お菊、他の女衆ときびきび動き始めた。

「おとせ、わ、私はなにをしようかね」

「あら、おまえさん、まだそこにいたのかえ」

「そこにいたはないだろ。私は豊島屋の主ですよ」

「いえ、主だった人ですよ」

「まさか本気で爺捨て山に捨てられるんじゃないだろうね」

清蔵が慌てるところへおとせが歩み寄り、

「おまえさん、また外で悪いことはしていないでしょうね」

「おとせ、なにをいうか。もうそんな元気はございません。もはや湯治が楽しみな隠居様です」

「そんな言葉を吐く男こそ信用できません」

と睨《にら》んだ。首を竦《すく》める清蔵の頰《ほお》をおとせがひと撫でして、

「おまえさんはいつもの席で睨みを利かせていればいいんですよ。それが豊島屋の大旦那の務めです」

と最後は優しく言い残して台所に下がっていった。

「古女房に優しく言われるほど、ぞくりとしますよ」

と呟いた清蔵は、

「いつもの賑わいが戻ってくるというのに、招き猫じゃあるまいし、こんな隅に鎮座しておられるものか」

と表に出た。

本丸大奥の甍《いらか》の上に日が傾いて、御堀の水を煌《きら》めかせていた。

清蔵は鎌倉河岸の船着き場に向かうと八代将軍吉宗のお手植えの八重桜のごつごつとした樹皮に掌を押し当てた。

いまは金座裏の嫁になったしほが悩み事があると、古桜の幹に手をおいて祈るような仕草をしていた。

清蔵も鎌倉河岸の守り神ともいえる八重桜に右手の掌を押し当て、

(豊島屋の商売繁盛、鎌倉河岸の皆々様の息災堅固)

を祈った。ついでに、

(おとせがいわれのない悋気《りんき》を起こしませんように)

と付け加えた。

「清蔵の大旦那がめずらしいことをしていなさるよ」

と彦四郎の声がして船着き場に猪牙舟が着けられた。乗っているのは金座裏の親分と番頭の二人だ。

「おや、親分さん方、どちらかに御用ですか」

「清蔵さん、どちらもなにもあるものか。綱定に立ち寄ったら彦四郎が鎌倉河岸まで送るというから乗せてもらってきたのさ」

「そりゃ、目と鼻の先、舟賃も請求できないね」

「清蔵さん、舟賃なんてもらえるものか。おれにとって金座裏大明神の大恩人だ」

「なんだか分からないが、彦四郎もうちにおいでおいで」

「あとで寄せてもらうよ。大事な用件が残っているんだよ」

宗五郎と八百亀を下ろした彦四郎が大慌てに猪牙舟の舳先《へさき》を向け、一石橋の方角へと引き返していった。小さくなる舟影を見ながら八百亀が、

「彦四郎め、張り切りやがったな」

「いちばんうれしいときだろうぜ」

と宗五郎と言い合った。

「彦四郎になにかありましたかね」

「清蔵さんもご存じございませんでしたか。そのうち彦四郎が所帯を持つことをさ」

「えっ、彦四郎が所帯を持つですと、水臭いな、私にはなにも言いませんでしたよ。

どこの娘さんですね、この界隈の住人ですかね」

清蔵が矢継ぎ早に問いかけた。

「ひょっとしたら、お駒さんはおかなちゃんを豊島屋さんに連れてくるかもしれないな」

「え、彦四郎が相手を。お駒さんとおかなちゃん、二人の娘と所帯を持つのですか」

「清蔵の大旦那、しっかりしねえな。お駒さんが彦四郎の嫁になる女の人でね、おかなちゃんはその娘さんなんだよ」

「ちょ、ちょっと話が見えませんよ。彦四郎にはもう隠し子がいたんですか」

八百亀が宗五郎の顔を見て、どうしたものかという表情をし、自ら言った。

「親分、めでたい話だ。祝言となれば清蔵さんにも一役買ってもらうこともでてくるかもしれねえ。聞いておいてもらいましょうか」

「それがいいか」

「とはいえ、相手もあることだ。当分清蔵さんに内緒にしておいてもらうのがよさそうだ」

八百亀が言い、固い蕾《つぼみ》をつけた八重桜の下で宗五郎が彦四郎の恋物語を清蔵に語って聞かせた。

「えっ、あいつにそんな人がいたなんて、亮吉も喋《しゃべ》らなかったね」

「彦四郎は口が堅いからね、それでも今年になって、政次と亮吉には相談しようとしたらしい。だが、例の小夏殺しで政次たちはてんてこ舞いだ。そこで金座裏の半端隠居と八百亀で木挽町に行ってさ、離縁状をもらってきたってわけさ」

「金座裏に出馬されては表具師の長右衛門もうんと言わざるをえないね」

「清蔵さんも知り合いでしたか。まあ、八百亀に足労を願って、おだいって竹之助の女を掛け合いの舞台に乗せたんでね、離縁状はそのおだいが出させたようなもんですよ」

　と宗五郎が苦笑いした。

「綱定の親方も了解しなさったか」

「木挽町の戻り道に綱定と彦四郎の親御に会ってね、かくかくしかじかと話してきたところだ。綱定では彦四郎がおふじさんにはちょこちょこ話していたらしく、おふじさんが親御さんに近々こんな話が彦四郎からいくかもしれませんが、驚かないでくださいと根回ししていたのでね。あっさりと親御も、金座裏が見て、たしかな女ならば連れ子があろうと構わないって返事でね」

「どおりで彦四郎が張り切るはずだ。うちに姿を現さないと思ったら、よそでそんな話が進行していましたか」

と清蔵が得心したところに、

「親分」

と亮吉の声がして、三人が振り向くと龍閑橋の方角から金座裏の面々におみつ、しほ、それに魚河岸のご一統、い組の連中が大挙して豊島屋に向かってきた。

「た、大変だ。一気に客が押しかけてきましたぞ。親分、八百亀、私は万事遺漏ないか、仕度を確かめてきますからね」

と言い残した清蔵が店に走り戻っていった。

「あら、彦四郎さんは」

しほが義父の宗五郎に尋ねた。

「川向こうに離縁状を届けに走っているさ」

「よかった」

しほが胸を撫で下ろした。

「しほさん、だれが離縁されたんだ。なんで彦四郎が離縁状を届けるんだ」

「亮吉、おめえは彦四郎と兄弟みたいなものだ」

「ああ、政次若親分と三人一緒に仔犬みたいに育ってきた仲だ」

「彦四郎から直に話を聞くがいい」

「えっ、おれだけなにも知らない話か」

うろたえる亮吉に政次が、

「亮吉、私もこの話は知らないよ。あとで彦四郎の口から聞こうか。それより亮吉、おまえさんには大仕事が待っているんじゃあ、ないのか。むじな亭亮吉師匠のつとめがね」

「そうだ、あれこれ惑っているどころじゃねえや」

と亮吉が豊島屋に駈《か》け込んでいった。


「ご一統様、長らくお待たせ申しました。今宵の真打ち、むじな亭亮吉師の長講一番語り下ろしにございます」

小上がりに設けられた講釈台の傍らに立った豊島屋の清蔵が前口上を述べて、亮吉が板戸の陰からひょこひょこと出てきた。

講釈台の前に座した亮吉が、えへんえへんと空咳《からぜき》をして、喉《のど》を整え、

「これより語り下ろしの一番は、ご存じ金座裏の面々が活躍致しました捕り物の一部始終にございます。題しまして『娘三人連続殺し、下手人伊助の惨酷非道な物語』に

ございます。さあて、時は享和二年正月の十四日、大横丁にございます料理茶屋百川では今しも魚河岸の若旦那衆、若い衆、それに町火消一番組い組のお兄いさん方が親睦《しんぼく》を兼ねて、二階の大広間を借り切り、一献《いっこん》傾けておられました。そこへ呼ばれたのが柳橋の若い芸者の小夏、美木松、雛奴の三人にございました」

「お兄さん方、お座敷にお呼び下さり、ありがとう存じます」

と黄色い声を出した亮吉が品《しな》を作って釈台の前で三つ指を突き、頭を下げた。

「おお、待ってたぜ」

「と応じる兄さん方、一段と座が盛り上がったところで、ただ今江都《こうと》で流行《はや》っております宝引きが座興と執り行われることになりました。さすがに一日千両の魚河岸のご一統と伊達《だて》と男気が売り物のい組の面々、出すものが違います。なんと景品が凄《すご》い、松坂屋仕立て下ろしの春羽織、桑材の煙草盆、鮪一匹、煙草入れ、浮世絵美人の枕屏風《びょうぶ》、万金丹五百粒と金座裏の宝引きの品とは大違いだ。だがな、驚いちゃいけませんぜ。この日の景品の第一等は古財布に入った慶長大判だ、それも熊手の飾りものの大判じゃないぜ。正真正銘の本物の慶長大判だ。どうだ、驚いたか」

と亮吉が見回したが、だれも驚く者はいなかった。

「どうしたんだ、宝引きの景品が慶長大判だぞ。驚かないのか」

「亮吉よ、宝引きの場にいたのはおれたちだぜ。慶長大判にはもちろん驚いたがよ、もうだれも承知のことだ。その慶長大判がどうして、清三郎さんの家にあったかという話なら、面白いがよ、宝引き話はおめえよりおれたちが詳しいんだよ」

い組の京次に言われて、

「そ、そんな」

と亮吉が返事に詰まった。

「どうした、むじな亭亮吉師匠よ」

と兄弟駕籠屋の弟の繁三が亮吉を急《せ》きたてた。

「だってよ、おれは慶長大判の出処を知らないしよ、第一おれ見たこともないもの、慶長大判なんて」

と亮吉の声が段々と小さくなって泣き顔になった。

三

彦四郎はこれほど力を入れて櫓《ろ》を漕いだおぼえがない。客を乗せているときは、

「急いでいる、飛ばしてくんな」

と命じられたとき以外、彦四郎のゆったりと大きな漕ぎに常連の客は任せている。一見ゆったりとした動作のようで、彦四郎の櫓さばきは並みの船頭より舟足が速く、揺れが少ないことを承知していたからだ。

だが、猪牙舟に客はなし、大事なものは宗五郎親分が木挽町の表具師にして絵績師の竹之助からとってきてくれた離縁状だけだ。

彦四郎は全身の力を使って日本橋川を下り、大川に出ると両国橋手前の左岸に口を開いた竪川《たてかわ》に猪牙の舳先を突っ込んだ。舳先に灯《とも》した提灯《ちょうちん》の灯《あか》りで川幅二十間の竪川を東に向かい、四ッ目橋の先で十間川に移り、旅所《たびしょ》橋を潜って、最後の力を振り絞って天神橋に猪牙舟を着けた。

舫い綱を杭《くい》に結びつけると河岸道への石段を二段おきに飛び上がった。

亀戸天神の側《そば》にあるお駒の家に飛び込んだとき、お駒の家では夕餉《ゆうげ》の最中だった。

血相変えて飛び込んできた彦四郎にお駒が驚き、

「彦四郎さん、なにがあったの」

と問うた。

だが、彦四郎の息は弾んでしばらく答えられない。

親父の銭座職人頭の武吉《ぶきち》が、

「お駒、彦四郎さんに水をあげな」

と命じて、お駒が慌てて台所に下がった。

大きな体の彦四郎の入来に弟妹たち三人が言葉もなく突然の訪問者を見ていた。

「どうしなすった、なんぞ木挽町から嫌がらせが金座裏にあったか」

と武吉が彦四郎に尋ねるところへ竹柄杓《ひしやく》のまま、お駒が水を汲《く》んできた。それを黙って摑んだ彦四郎が一気に飲み干し、
ふうっ
と一つ息を吐いた。

「お駒さん、親父様、これを」

竹柄杓を左手に握ると右手で懐に仕舞い込んでいた離縁状を摑み出し、差し出した。

ちらりと書付の上書きに目を落とした武吉が、

「あの、ねちっこい竹之助が離縁状を素直に呉れたか」

「親父様、金座裏の九代目直々のご出馬だ、否《いや》も応もないよ。読んでごらんよ。おかなちゃんの名だって記されてさ、もうお駒さんはこれからなにをしようといいんだよ」

「彦四郎さん、ありがとう」

お駒が上がり框に膝をついて泣き出した。

武吉が離縁状を開いて読み、

「お駒、喜べ。金座裏の親分さんが立ち会ったことまで記された立派な三行半だよ。どこのだれが離縁状を貰《もら》って喜ぶ家があろうかと思うがさ、うちじゃあ、お駒が木挽町で受けた仕打ちに家族じゅうが腸《はらわた》を煮えくり返らせ、案じていたんだよ。彦四郎さん、すまねえ、この件には関わりのなかったおまえさんにこんなことまでしてもらって、ほっとしました」

と彦四郎に礼を述べ、ぺたりと上がり框に腰を落とした。

「お駒、おまえさん、彦四郎さんに上がってもらったほうがいいんじゃないのかね」

お駒のお袋のうめが言い出した。

「彦四郎さん、なにもないけど、うちで夕餉を取っていってくれない」

お駒が母親の言葉に頷き、言った。

「お駒さん、今日はな、金座裏でも大事な宵なんだ。江戸で娘三人を殺した下手人を政次若親分たちがお縄にしたってんで、北町奉行の小田切様からお褒めの言葉を頂き、鎌倉河岸の豊島屋さんに、関わりがあった連中が集まって祝いをするんだよ」

「読売で読んだよ。宗五郎親分はそんな忙しい最中にうちのことで木挽町に顔出ししてくれたんだ。そんなこと、ありえないぜ、それもこれも彦四郎さんがいたからだ」

「親父さん、こたびの娘殺しの一件は若親分が表に立ってさ、大親分はでーんと金座裏に控えていなすったからできたことなんだ」

　武吉の言葉に彦四郎が応じた。

「彦四郎さんも呼ばれているのね」

　とお駒。

「おれは金座裏の倅みたいなもんだからな」

　と応じた彦四郎が恐る恐る言い出した。

「それでさ、願いがあるんだけどお駒さん、無理を聞いてくれるかな」

「なあに、彦四郎さん」

「これから一緒にお駒さんとおかなちゃんに猪牙で鎌倉河岸まで付き合ってくれないか。お駒さんとおかなちゃんをおれの仲間に会わせたいんだ」

「えっ、これから」

「刻限が遅いのは分かっているさ。帰りはちゃんと送り届けるよ。なあに、おれが力を籠《こ》めれば亀戸から鎌倉河岸なんてひと漕ぎだ」

お駒が両親を見た。

「お駒、着替えなされ。だが、おかなは夜のこともある、風邪でも引かせるといけないよ。おかなはこの次にお父っつあんとお駒が金座裏にお礼に伺うときにいっしょに連れていくとして、今晩はお駒、おまえが独りで彦四郎さんに同道し、よくよく金座裏の親分さんにお礼を申し上げるんだよ」

とうめが言い出した。

「おう、それがいい。彦四郎さん、おかなは幼い、こたびは我慢してくんな。お駒、心配するな、おかなの面倒はおれたちで見るよ」

と両親に言われたお駒が大きく頷き、

「彦四郎さん、少しだけ待って」

と奥に消えた。

「ご一統様、今宵、むじな亭亮吉師匠の演目は御用繁多《はんた》で練り上げられていなかったようでございます。むじな師匠に代わりを、ど素人《しろうと》のわっしが務めようもないが、座興だと思って、宗五郎に一席、『慶長大判の謎』なる講釈を語らせてくれめえか。それでさ、勘弁してくんな」

と亮吉の窮地を見た宗五郎が言い出し、豊島屋の清蔵が、

「よう九代目、待ってました！」

と声を張り上げた。すると豊島屋の広い土間にいた客たちが、
わあっ！

と歓声を上げ、

「よう、金流し九代目、真打ち登場！」

とか、

「どぶ鼠のしくじりは大師匠の責任だ、たっぷりと一席務めて頂きやしょう」

とか囃《はや》し立てた。

驚いたのはおみつやしほ、それに金座裏の面々だ。

「おまえさん、講釈なんて大丈夫かえ」

とおみつが案じ、

「親分、こりゃ、御用とは違う。おれのしくじりを親分が尻拭《しりぬぐ》いすることないんだよ」

と亮吉まで言い出した。

「まあまあ、おれは素人と断った上でのことだ。ここに慶長大判を宝引きの景品に出

された清三郎さんもおられる。六年前に亡くなられた親父様がなぜ慶長大判を持っておられたか、その謎解きが出来ればいい話だ。それでいいかね、清三郎さん」

と宗五郎が清三郎を見て乞《こ》うた。そして、清三郎はなぜこの場に死んだ親父の棟梁《とうりよう》、名人の左兵次《さへいじ》がいるのか訝《いぶか》しく考えながら頷いていた。

「親分さん、わっしにとって知りたいことは、なぜ慶長大判がうちにあったかです。その真相を知るのであれば、どのようなお話も伺います。ご存じのように、すでに大判は北町奉行所に託され、次に御救小屋ができる折に使われることになっております。親父がつい出来心で他人様《ひとさま》のものに手を掛けたのなら、それもわっしらが知らない親父の一面にございます。そのことを素直に受け止めようと思います」

「えらい、えらいね。聞いたか、亮吉、繁三、なかなか言える言葉じゃないよ。わたしゃ、感動しました。清三郎さん、酒が飲みたくなったら豊島屋の暖簾《のれん》を潜って下さい。当分、酒代は頂戴しません」

と清蔵が言い、亮吉と繁三が自分の顔を指で差して、

「おれたちも」

と願った。

「亮吉、繁三のばかたれが。おまえたちは清三郎さんの爪《つめ》の垢《あか》でも頂戴して煎《せん》じて飲

みな」

と清蔵に一喝された。

宗五郎が小上がりに上がり、最前まで亮吉が座っていた講釈台代わりの小机に座ると、帯に差した扇子を抜き、小机の上をそれでぽんと小気味よく叩いた。すでにそれだけで様になっていた。思わずあちらこちらから、

「よう、金流し九代目！」

「待ってました、大師匠！」

の声がまた上がった。

「いやはや、ひでえ弟子を持つと師匠まで苦労させられるのは、どこの世界でもあることでございましてな、わっしもこれまで独楽鼠《こまねずみ》の亮吉にはあれこれと後始末をさせられてきましたが、まさか講釈の尻拭いとは考えもしませんでした。されど曰《いわ》くつきの宝引きの景品かどうか、寛政八年春とは申せ、江戸じゅうに強い風が時折吹き荒れ、そのうち霙《みぞれ》まで降るという日から話を始めまする」

と前置きした宗五郎の渋い声がめりはりのある講談調にがらりと変わった。

「江戸の大工の棟梁で名人と謳われた左兵次の一番弟子伊作《いさく》は、その日の朝、普請場に出向くかどうか、迷っておりました。というのも、空は曇りにございましたが、時

折強い風が吹くあいにくの天気にございます、そのような春の嵐を予感させる天気に迷ったのでございます」

宗五郎の声音が豊島屋の酔客たちを一瞬にしてぐいっと引き付け、六年前の物語へと誘った。

『おーい、出かけてくるぜ』

『おまえさん、強い風だよ。今日は棟梁方も休みじゃないかえ』

『棟梁、朋輩《ほうばい》が休みなら戻ってくるさ』

と夫婦で会話を交わした伊作は長屋を出ると、御成《おなり》新道の大身旗本青木左衛門《さえもんのじょう》丞様のお屋敷へと向かいました。

町中には梅の香りが馥郁《ふくいく》と漂い、強い風さえなければ仕事日和《びより》にございましたそうな。

御成新道の青木様と申せば、勘定奉行や御側《おそば》衆を代々務められる家系にございましてな、家禄は四千七百石にございます。その上役料も入ることもございまして、内所は豊かに潤ってございます。そこで屋敷内の修繕や庭の手入れは名人上手と評判の左兵次親方らが常に出入りして、大身旗本の中でも青木家の離れ屋はなかなか数奇《すき》、庭は一見の価値ありと武家方では評判のお屋敷にございます。

　そのお屋敷の潜りを潜ってみますと普請場の離れ屋には親方、仲間の職人の姿は一人も見られません。伊作は、やっぱり風が強いから今日は休むかと思いましたがな、だいぶ普請が長引いておることもございまして、思案しておりました。そこへ青木家の用人が姿を見せて、『伊作、そなただけ参ったか』と声をかけたのでございます。『へえ、用人様、親方たちは休みにしたようですが、わっしだけめいりました。手を入れさせてもらうわけには参りませんかな』と願いますと、『なに、そなただけでも働くと申すか。当家では離れ屋が使えぬのは不自由ゆえ、一日も早い完成を殿も待っておられる。そなたがいいというのであれば、働いてくれぬか』とのお許しを受けて、伊作はさっそく仕度をすると、とんとんとはしご段を屋根に上がったのでございます」

　宗五郎は淡々と語っているようで、緩急がつけられ、台詞《せりふ》回しも巧みで、若い頃講釈場に通った経験を聞き手に思いおこさせた。

「伊作はねじり鉢巻きに道具箱を持ち、風を気にしながらも離れ屋の屋根の垂木《たるき》に板を丁寧に打ち付けていく、手慣れた仕事を始めたのでございます。仕事を始めてみると、仲間がいようと独りであろうと仕事に夢中になる、無駄口は利かないだけに仕事もはかどったようでございます。

一刻（約二時間）余り、夢中で仕事を続け、そろそろ四つ（午前十時頃）時分かとふと後ろを振り返りますと、なんと屋敷の若様、三つになる青木小太郎《こたろう》様がはしごを伝って、屋根に這《は》い上がってこられたではありませんか。

『若様』と声をかけると驚かれてはしごから落ちかねないと考えた伊作は、優しく『若様、ほれ、伊作の側にお出《い》でなされ、ここからの眺めはようございますよ、江戸じゅうが見えますよ』と呼びかけ、小太郎様も伊作の優しい言葉に釘を打ったばかりの屋根板を這い上がってこられました。そこで伊作は両腕で若様の体をしっかりと抱きしめ、『お女中衆、ご家来様！』と母屋に向かって叫んだのでございます。

へえ、身分の上下は問わず男の子というものは職人の手仕事を見るのが大好きというのは通り相場、青木家の若様も普請場になんどか見物に来られたそうな。ですが、そのような折は必ずや、ご家来衆か、お女中衆の付き添いがございました。この日に限って普請場が休みと思われたか、若様は一人で来られ、はしご段を上がったというわけにございます」

「そりゃ、危なかったな。三つといえば見境なしの年頃だ」

と清蔵が講釈台の宗五郎に話しかけ、しぃっ、と皆に黙るよう注意を受けた。

「伊作の声を聞き取った家来衆が屋根の上で抱かれた若様を見て、即座に事情を察したようで……

『若様、普請場などに独りでお出でになってはなりませんとご注意申し上げましたぞ。伊作、しっかりと若様を抱いておれよ、いま家来を屋根に上らせるでな』

と用人が喚《わめ》き、家来の一人が、『おい、伊作、若様を抱いてはしご段の下り口まで下がってこよ』とか命じたそうな。

母屋でも殿様と奥方様が若様の行動に気付かれ、おろおろとなされているのが伊作の目に映りました。そこで伊作が、『殿様、奥方様、お叱《しか》りにならないで下さりまし。この年頃はわっしら職人の仕事に関心がございましてな、ただ今、ご家来衆にお返ししますよ』と答えると、垂木に打ち付けた板を伝い、はしご段へとそろそろ下りて行きました。そこへ若侍の一人がへっぴり腰ではしご段を上ってくるのが見えた。伊作の目からみれば、なんとも危なっかしい腰付きに『若様はわっしがお下ろし申しましょうか』と願い出たのでございます。ほっと安堵《あんど》したのは若侍、『そう願えるか、それがし、独り身でも恐ろしい。若様を抱いて下りるなど無理だ、その代わり、そなたの手助けを致すからな』と何段かはしご段を下りたのを見た伊作が、片腕に小太郎様を抱きかかえ、はしごに取りついたとき、あーあーなんということでございましょう。一陣の突風が、筑波颪《つくばおろし》の如く御成新道を吹き抜け、青木様の屋敷へと吹き寄せたのでございます。伊作はしっかりと片手ではしごを掴みましたが、『あっ』と驚いた若侍は、なんと伊作の片足にしがみついた。ただでさえ危ないはしごの上、片腕に小太郎様を、その上、片足にまで若侍に縋《すが》られた伊作は、なんじょうあって踏みこたえられましょう。一陣の筑波颪に煽《あお》られるように、はしご段から庭へと落下したのでございます」

「なんてこった！」

と清蔵が青い顔で悲鳴を上げ、

「親父」

と清三郎までもが六年前に死んだ親父の動きを気にした。

「年季の入った職人とは凄いものでございますな。小太郎様を片腕に抱えたまま、虚《こ》空《くう》に放り出された伊作は咄嗟《とっさ》に身を捻《ひね》り、わが身を下にして小太郎様を胸に片腕で抱きかかえたその姿で庭石に叩きつけられたのでございます」

　と宗五郎が静かな口調で話を進めた。

「落ちたふたりはどうなりました、親分」

「清蔵さん、熟練の大工がわが身を捨てておお出入り先の若様の身をかばったのでございますよ。小太郎様には傷一つございませんでした」

「おお、よかった」

「ですが、ご一統、身を以《もっ》て若様の身楯になった伊作さんは庭石で腰と頭を打ち、半身不随の大怪我を負われたのでございますよ」

「親分、おれはなにも知らなかったよ、聞かされてなかったよ」

　と言い出したのは、なぜかその場に呼ばれていた伊作の師匠、左兵次名人だった。

「棟梁、それにはこんなわけがございましてね」

　と宗五郎が再び講談調に戻した。

「大怪我を負いながらも伊作は咄嗟に考えたのでございます。このことが世間に知れ渡れば決して武門の青木家にとって、よくはないと判断したのでございます、若侍にもお咎めがございましょう。そこでご用人の耳元に『わっしは突風に吹かれて屋根から落ちたのでございますよ、用人様。それでようございますね』となんども願ったそうな。そして、医師が呼ばれても幾たびも同じ言葉を繰り返し、青木家にそう得心させたのでございます。これぞ、職人魂、江戸っ子の心意気、小太郎様の命を救った伊作は若侍のこと、さらには青木家の体面までも考え、自らのしくじりとしてすべてを被《かぶ》り、あの世に逝《い》ったのでございます。職人の鑑《かがみ》、大工の心意気にございますよ」

と読み切った宗五郎が一拍間合を置き、

「もうご一統様には慶長大判をなぜ大工の伊作さんが持っておられたか、お分かりにございましょうな」

「若様の命を救ってもらった青木家がお礼に差し上げたのでございますよね」

と清蔵が問うた。

「いかにもさようです。されど伊作さんは大判なんてものが職人の家にあってよいわけもない。なんぞ困ったときのためにと長年使い込んだ墨壺と一緒に古布で包み、隠しておいたのでございます」

と応じた宗五郎の言葉に、

「親父、かりそめにも親父を疑って悪かった、許してくんな」

と自らをしかりつけるように清三郎が慟哭《どうこく》した。

「清三郎さん、だれだってそれくらいのことを考えるよ。慶長大判なんてさ、わっしら町人の家にあるもんじゃないからね。その大判をあっさりと宝引きの景品に出し、小夏の一件があったあとも、これまた節《せつ》を曲げることなくお上に返されて、御救小屋の費《つい》えにしようなんてさ、だれにもできるこっちゃないよ」

と清三郎を褒めると、

「この親にしてこの子あり、『慶長大判の謎』と題しました即席読みきりの一席、お粗末にございました」

と宗五郎が扇子で講釈台をぽーんと叩いて頭を下げた。

四

大勢の客がいる豊島屋はしばらく森閑として声もなかった。そのあと、

「わあっ！」

という声が響き、もの凄い拍手喝さいが続いたかと思うと、一斉に喋り出した。

「さすがに貫禄だね、むじな亭亮吉とはまるで違うよ」

と小上がりの高座を下りてきた宗五郎に清蔵が感嘆の言葉をかけた。

「いえいえ、冷汗もんですよ、清蔵さん」

宗五郎が答えたところに燗徳利を持った左兵次と清三郎が宗五郎のところにやってきた。

「親分、伊作の大怪我の背後にそんな話があったなんて、親方のおれはなにも知らなかったよ」

悔やむ口調で首を捻った。

「私も親父がそんなことで屋根から落ちたなんて、夢にも思いませんでしたよ」

と清三郎も同じ言葉を口にした。

「全く穴があったら入りてえ。だがな、金座裏の、おれは分からないよ。おれと二人で御成新道の屋敷を訪ねたとき、青木様のご用人は知らぬ存ぜぬで押し通したぜ。こんな話、これっぽっちもしなかったがな」

と左兵次は小指の先を立てた。

「棟梁、あんときは無駄足でございましたね。わっしらの仕事は知らぬ存ぜぬと言われたときから、ほんとうの探索が始まるんでございますよ。二度三度と御成新道に通ううちにご用人もわっしに打ち解けて、ようやく事情を話してくれたんですよ」

宗五郎が笑って左兵次に応えたものだ。

「そうか、そうだね、どんな仕事もねばりだね。そいつに敵《かな》うものなんてありはしない。宗五郎さん、勉強させてもらったよ」

と得心した大工の名人の傍らから晴れやかな笑い顔の清三郎が、

「親分、一杯注《つ》がしてくれませんか。近年、こんなにすっきりとしたことはないや」

と燗徳利を差し出し、宗五郎は素直に受けた。そして、ゆっくりと一息で飲んで、

「うまい、亮吉のお蔭で冷汗搔いたぶん、今日の豊島屋さんの酒は格別に美味《おい》しゅうございますよ」

「親分、わっしにも注がせてくんな。うちの番頭格の伊作があんな風に足を滑らせて屋根から落ちるなんて不思議には思っていたんだがね、そんな秘密が隠されていたとは想像もしなかったよ。おれは清三郎さんと同じように気持ちがすっきりとして胸の閊《つか》えが下りたようだぜ」

と同じ言葉を繰り返した左兵次と宗五郎はお互いの杯に酒を酌み合った。

「清三郎さん、おまえさんの親父さんとさ、妹分のお夏の霊に献杯しねえか」

「おお、そうだ」

「親分、音頭をとってくんな」

「いや、おれは十分汗を搔いた。ここは豊島屋の大旦那の清蔵さんに願おうか」

と宗五郎が言い出し、清蔵が、

「わたしがでございますか。いささか僭越《せんえつ》だが、年の功でやらせてもらいますか」

とどこか嬉しそうな顔で小上がりにいそいそと立ち上がり、

「しばらくご静粛に願えますかな」

と願い、大土間にいた客たちが清蔵を注目した。

「ご一統さんに謹んで申し上げます。今宵は連続娘殺しを金座裏の政次若親分らが見事に下手人を捕まえ、四人目の犠牲が出なかったことに北町奉行の小田切土佐守様がいたく感心なされて、政次さん、魚河岸、い組の面々を奉行所に呼んで褒美を下された祝いの席にございます。そこで金座裏の九代目、金流しの宗五郎大師匠が『慶長大判の謎』と題した即興話を語り、私ども大いに得心させられ、沸きました。伊作さんの行動こそ、これぞ江戸っ子の心意気、職人の鑑と感心させられたところにございます。ご一統さん、そこで今宵はまず六年前に大身旗本の若様の命を身を挺《てい》して救った伊作さんと、若くして非業の死を遂げた柳橋芸者の小夏ことお夏さんの霊に献杯したく思います。全員、杯に新たに豊島屋の下《くだ》り酒を注いで、お二人の霊安らかなことを願ってな」

と一拍おいて大土間を見回した清蔵が、

「献杯！」

と声高らかに音頭をとって、献杯の儀が終わった。

ぱちぱちと拍手が湧いた。それを制した清蔵が、

「なお一つだけ申し上げます。鎌倉河岸の豊島屋は白酒の店として、あるいは伏見、灘《なだ》の下り酒を扱う酒問屋として江戸に知られ、なおかつ田楽を菜に酒を飲ませる酒場として、この界隈に名がつとに知られております。お集まりの常連の方々に申し上げることではございませんが、時に余興として金座裏の嫁、絵師として名を上げてきたしほさんの絵の展示やら、また事件が解決したあとには、金座裏の手先の亮吉ことむじな亭亮吉師に事件簿を読みきりで語らせておりました。ですが、今宵、大師匠の登場でむじな亭亮吉の芸の未熟が知れましてございます。座元としましては、断腸の思いで亮吉を見習いに格下げし、修業をやり直させますので、ご勘弁のほどをおん願い奉りまーす」

と締めて、

「わあっ！」

と沸いた。

「えっ、おれ、見習い講釈師に格下げか。豊島屋の隠居たら、ひどいじゃないか。お

れの立場はどうなるよ、明日から大手を振って鎌倉河岸界隈を歩けないよ」

「そりゃそうだ。どぶ鼠はうす暗い溝なんぞを、こそこそ這い回るのが分相応だよ、なあ、みんな」

とい組の小頭京次が言い、亮吉ががっくりと肩を落とした。

「亮吉さん、がっかりしないの。みんなは亮吉さんのことが大好きだから、大旦那の清蔵様を始め、からかうのよ」

なぐさめるお菊に、

「分かっているけどよ、なんだか胸にずーんと応《こた》えたぜ」

亮吉が答えたところに豊島屋の戸口から新たな客が入ってきた。

顔を紅潮させた綱定の船頭彦四郎だった。背後にだれかを従えていた。

「おお、遅かったな。伊作さんとお夏ちゃんに献杯したところだぜ」

亮吉が彦四郎に呼びかけたが、ふだんと違い、どこか彦四郎の態度はよそよそしかった。

「なんだい、腹下しか」

亮吉の声には答えず、彦四郎が後ろを振り返った。すると緊張の面持《おもも》ちの女が、大きな体の背後から姿を見せた。お駒だ。緊張のせいか、若々しく見えたお駒だったが、その姿態にはおぼこ娘では醸し出しえない艶っぽさがあった。人妻だったせいか。

「おい、彦四郎、その女の人はだれだえ、客か」

亮吉が重ねて尋ねた。

「いや、そうじゃねえよ」

「じゃあ、なんだ」

今や二人の会話に耳を傾けながら、お駒を豊島屋の客の大半が注視していた。

「だから、お駒さんだよ」

「どこの」

「どこって亀戸の」

「なんの関わりがおまえとあるんだ」

「関わりがなきゃあ、連れてきちゃあいけないか」

「そういうわけではねえが、むじな長屋の兄弟に水臭いじゃねえか」

亮吉の追及は留《とど》まる風はなかった。

「亮吉、彦四郎をそう責めちゃいけないよ」

とむじな長屋の「三兄弟」の長兄が末弟を諫《いさ》めた。

「だって若親分、なんだか彦四郎じゃねえみたいだぜ。若親分はあの女《ひと》を知っているのか」

「初めてお目にかかるお方です。でもなんとなく分かりました」

「会ってもいないのに分かったって。おれだけか、知らねえのは」

と辺りを見回した亮吉が八百亀に目を留め、

「八百亀の兄さん、知っているのか」

「会ったのは今宵が初めてだ。だが、彦四郎に似合いの人だと思ったところだ」

「な、なんだって、に、似合いってなんだよ。そんな判じ物みたいな話があるか、話が見えないじゃないか」

「ああ、見えない見えない。見習い講釈師の亮吉にはなにも見えない」

「うるせえ、お喋り駕籠屋。簀《す》巻《ま》きにして御堀に叩き込むぞ」

「ふっふっふ」

と繁三が余裕の笑みを見せた。

「悔しいな、この場の全員がなにか知っていて、おれだけのけ者か」

「亮吉、私だってどなたか存じませんよ。おそらく大半の人が何者か知らないのではないのかねえ。それにしても八百亀の兄さんの言葉は気になりますな」

と清蔵が話に加わった。

「ご隠居、そうでございましょ、おかしいや。だれだえ、だれか絵解きしてくれないか」

「おまえさん、亮吉が焦《じ》れているよ。話してやりなよ」

おみつが宗五郎に笑いかけた。

「えっ、おかみさんと親分はあの女の人を承知か」

「しほもな」

「若親分はどうだ」

「最前お目にかかるのは初めてと答えたよ、亮吉」

「だけど、分かったと答えたな」

「彦四郎が照れくさくて答えないようだから、むじな長屋の兄弟が推測してみようか」

「頼んだ、若親分」

「いつだったかな、彦四郎が好きな女の人ができたことを仄《ほの》めかしたことがあったな」

「えっ、そんなことが、おれは聞いてないぜ」

「おめえは毎日のように出会う女に惚《ほ》れて振られてばかりだからな、気もそぞろで彦四郎の大事な告白を聞き洩らしたんだな」

と八百亀が茶々を入れた。

「えっ、亮吉さんたら毎日のように女の人に惚れたり振られたりしているの、兄さん」

お菊が真顔で話に加わってきた。

「八百亀の兄さん、お菊ちゃん、この際、話を散らかさないでくれよ。今はおれの話じゃないだろう。彦四郎の話だ。おれはその話の場にいなかったんだよ」

「あら、そうだったの」

お菊があっさりと引き下がった。

そこへ新しい客が入ってきた。

北町奉行所定廻り同心の寺坂《てらさか》毅一郎《きいちろう》だ。その顔にどこか安堵したような表情が漂っているのを宗五郎は見逃さなかった。おそらくお夏殺しの下手人伊助の下調べがひと段落ついたのだろう。

「寺坂様、ちょうどよいところにお出でになりました。彦四郎もお駒さんも、こっちに来《き》ねえ」

宗五郎が三人の客を迎え、しほとお菊が寺坂らの席を造った。

「亮吉の賑やかな声が風に乗って龍閑橋まで流れてきたぜ」

「へえ、彦四郎がねえ、こうして見目麗《みめうるわ》しい女性を連れてきたものですからね、亮吉が泡を食っているところでございますよ」

と宗五郎が笑って説明した。

「木挽町の表具師長右衛門が倅の竹之助を同道して奉行所に金座裏の親分に三行半を書かされたと訴えにきたというからさ、おれが会ったと思いねえ」

寺坂の伝法な言葉にお駒が驚き、彦四郎を見た。

「心配しないでいいよ、お駒さん」

「話を聞いてさ、親子をこっぴどく叱りつけておいた。倅の不行跡を棚に上げてお上の手を煩《わずら》わすとなれば、それ相応の手続きがある、町役《ちょう》人五人組同道を踏んだ上、改めて参れ。その上で厳しく吟味いたす、と厳しく申したら親子してしゅんとなって戻っていったな。なあに、木挽町の町役人はものの道理が分かった人だ、あんな話を聞くものか」

「なんとあの親子、北町にまで迷惑をかけましたか」

と宗五郎が苦笑いし、

「お駒さん、これ以上おめえの身にはなにも起こらないよ」

と請け合った。

「はい。皆々様にご迷惑をお掛けして申し訳ありません」

お駒が一同に頭を下げた。

「あのさ、おれだけ胸のつかえが下りないんだけどな」

と亮吉。

「亮吉、彦四郎とおまえと私で三人になったときにお駒さんとのなれ初《そ》めから話をとっくりと聞こうか。今晩はさ、お駒さんが彦四郎の好きな女の人だと承知しただけで我慢しな」

むじな長屋の長兄が末弟を諭《さと》すように言った。

「そ、そんな。彦四郎、おめえ、お駒さんが好きなのか」

「ああ、そうだ」

と彦四郎の返答は潔かった。

「お、お駒さん、おまえさんは彦四郎を亭主にしたいのか」

「私にはあれこれと事情がございます。でも、彦四郎さんがそれでよいと申されるならば、私は彦四郎さんとやり直したいです」

「おっ」と亮吉が両眼を丸く見開いた。

「亮吉、もう今晩これ以上なにも彦四郎とお駒さんのことを詮索《せんさく》しないことだよ。それより、お駒さんに豊島屋の名物の田楽を賞味してもらったらどうですね」

と政次が言うところに、

「お待ちどう様にございました」

と小僧の庄太が大皿に熱々の豆腐田楽を持ってきた。

「お駒さん、豊島屋名物は『一に白酒、二に下り酒、三に田楽』と言われるくらいに美味しい田楽なんだよ。山椒なんぞを振りかけて食うと堪らない。こうしてね」

と彦四郎が竹串を摑み、卓の上の山椒の粉を振りかけて、

がぶり

と食して、

「うめえ」

と満足げな声を上げた。

「お駒さん、皿をどうぞ」

しほがお駒に取り皿を差し出したが、

「私も彦四郎さんのようにかぶりつきます。そのほうが美味しそうですもの」

「お駒さんはうちの田楽がよう分かっておられる。そうこれはね、少し行儀が悪くて

も、かぶりつくのが一番美味《うま》い食べ方ですよ」

と清蔵も勧めた。

「寺坂様、まあ、熱燗を一杯」

と燗徳利を差した宗五郎が、

「ひと段落つきましたか」

と聞いた。

「ああ、吟味方与力の今泉修太郎《いまいずみしゅうたろう》様じきじきに大番屋に出張られての吟味で、ほぼ調べはついた。だが、あやつがなぜ娘ばかりを狙って殺しを繰り返したか、物も盗《と》らず、犯しもせず、盆の窪を刺して殺すことだけに執着したか、あやつ自身も説明できぬようでな、今泉様も困っておいでだったな」

「そいつは予測されたことでございますよ。心の病としかいいようがない」

「まあ、そんなところか」

と応じた寺坂が、

「こたびの手柄の第一は、まず若親分ということには違いない」

と含みのあることを述べた。

「いえね、下手人を割り出すきっかけを作った亮吉が、意外と四人目の被害を出さずに済んだ立役者かと、わっしは思っているんですがね」

と思いがけない宗五郎の言葉に亮吉の表情が、
ぱあっ
と明るくなった。

「寺坂様、親分、私もそう思います。亮吉が伊助と沖津仁左衛門様の交流を探り出してこなければ、こう早く下手人を百川に誘い出すことは出来ませんでした」

と政次も亮吉を手柄の第一に挙げた。

「へっへっへへ」

と亮吉が嬉しそうに破顔し、なにか言いかけたのを寺坂が制した。

「親分、若親分、その料理茶屋の百川に伊助がなぜ危険を顧《かえり》みず誘い出されたと思うね」

「さあて」

「親分、おまえさん方が伊助に火をつけたんだよ」

「と仰いますと」

「彦四郎の一件で親分、おみつさん、しほさんとで亀戸天神のお駒さんの実家の茶店を訪ねたな」

「へえ、髪結い新三《しんざ》もおりましたがね」

「あの境内で伊助は女形《おやま》に扮して独り芝居をやりながら、騒ぎが鎮まるのを待っていたんだよ」

あっ、とお駒が驚きの声を上げた。このところ亀戸の梅見客を相手に独り芝居を演じていた女形が下手人の伊助だったとは。寺坂に聞かされて、お駒はびっくり仰天した。

「伊助はな、お駒の茶店に金座裏の一家が来たのを知って茶店の板壁の傍らでさ、休む体でおまえさん方の話に耳を傾けていたんだよ」

「なんと驚きましたな」

「あいつを川向こうに追いやったのはしほさんの人相描きだ。だがな、お夏の妹が柳橋から見習い芸者に出て、姉の仇を討ちたいと考えていることを読売ではなくて、亀戸天神のお駒の茶店で知ったんだよ」

「なんてこった」

と彦四郎。

「そんなわけでさ、あやつの逆恨みともいえる暗い情念が炎のように燃え盛り、お冬を殺めて金座裏の鼻を明かしたいと思ったんだとさ」

「驚きましたな。どこに耳があるか知れたもんじゃゃねえ」

「となると、金座裏の親分、こたびの手柄の第一は彦四郎のお駒さんへの恋心と思わないか」

「違いございませんよ」

と宗五郎が微笑《ほほえ》み、豊島屋の大土間を見回した。

もはや魚河岸もい組も常連の客もなく、いつものように賑やかに飲み食いしていた。

(ともかく四人目の、お冬を死なせなくてよかった)

と宗五郎は胸をそっと撫で下ろし、

「ささっ、寺坂様、もう一杯」

と燗徳利を差した。

時代小説文庫
さ 8-37

宝《ほう》引《び》きさわぎ
鎌倉河岸捕物控《かまくらがしとりものひかえ》〈二十の巻《にじゅうのまき》〉

著者 佐伯泰英《さえきやすひで》

2012年 5月8日第一刷発行

発行者 角川春樹

発行所 株式会社 角川春樹事務所
〒102-0074 東京都千代田区九段南2-1-30 イタリア文化会館

電話 03(3263)5247[編集] 03(3263)5881[営業]

印刷・製本 中央精版印刷株式会社

フォーマット・デザイン&シンボルマーク 芦澤泰偉

ISBN978-4-7584-3657-1 C0193

http://www.kadokawaharuki.co.jp/[営業]
fanmail@kadokawaharuki.co.jp[編集] ご意見・ご感想をお寄せください。